文通天下

突 破 认 知 的 边 界

斋宫一隅　Fuxing　2020.11.15 天坛

徐

芸

老

友

一

哂

唐
子
覺
寺
書
檐
興

爷爷当年作过的地方 LinXing 2018.7.

东方 ZuXINGT 2022.5.15.

八经春生蓝短梢　FUXING2014.7.

大写七月　FUXING　2020.7.6.

上海思南路一隅　Fuxing 2010年11月16日画

平淡生活里的光

暖心回忆
散文

肖复兴 著

天津出版传媒集团

天津人民出版社

图书在版编目（CIP）数据

平淡生活里的光：暖心回忆散文 / 肖复兴著. --
天津：天津人民出版社，2023.6
ISBN 978-7-201-19298-7

Ⅰ.①平… Ⅱ.①肖… Ⅲ.①散文集－中国－当代
Ⅳ.①I267

中国国家版本馆CIP数据核字(2023)第067146号

平淡生活里的光：暖心回忆散文
PINGDAN SHENGHUO LI DE GUANG：NUANXIN HUIYI SANWEN

出　　版	天津人民出版社
出版人	刘　庆
地　　址	天津市和平区西康路35号康岳大厦
邮政编码	300051
邮购电话	（022）23332469
电子邮箱	reader@tjrmcbs.com

责任编辑	陈　烨
策划编辑	郭丽丽
装帧设计	尚燕平

制版印刷	河北朗祥印刷有限公司
经　　销	新华书店
开　　本	880毫米×1230毫米　1/32
印　　张	8
字　　数	140千字
版次印次	2023年6月第1版　2023年6月第1次印刷
定　　价	49.80元

版权所有　侵权必究
图书如出现印装质量问题，请致电联系调换（022-69211638）

自　序

　　我读的第一本散文集，是刚上初一时买的《荔枝蜜》，很薄的一本书，只有几十页，收录了当时有名的十位作家的散文，共十篇。每篇散文的篇幅都很短，并随文配了精致线描插图，画底衬以苹果绿的颜色，占整整一个页面。内文的字体很大，不像现在有的书的字号太小，费眼睛。我很喜欢读这本书，读了许多遍，抄录了其中的很多段落和句子。可以说，从那时起，我迷上了散文，仿照着书中的文字，开始写自己的"荔枝蜜"。谁没有属于自己的"荔枝蜜"呢？它悄悄地藏在每一个孩子的甜甜的心里。散文，最适合也最方便帮助孩子挖掘出藏在他们内心中的"荔枝蜜"。

　　我买的第二本散文集是《迟归》，这也是一本很薄的小书。书的作者李冠军是一位中学老师，书中写的全部是他的校园生活，其中提到的学生和我的年龄差不多大，提到的老师和我熟悉的老师人影叠印重合，对我而言是那样亲切。我曾经也抄录过书中的《迟归》《夜曲》《共同的心愿》《球场外的掌声》等多篇，这本书几乎伴随我的整个中学时代，照葫芦画瓢，我学着写了好多篇关于我们学校内同学们一起学习生活的作文。

抄写《荔枝蜜》和《迟归》的笔记本还在，少年时幼稚却真挚的心迹至今犹存，温暖又温馨。

文学的品种有很多，除散文外，还有诗歌、童话、小说、戏剧、评论，等等。但是，我一直觉得，并且不止一次地说过，在阅读的最初阶段，还是应该有侧重、有选择地看。以我自己粗浅的阅读经历和成长体会来看，散文恰恰更适合最初接触文学的人们阅读，尤其是对于告别了童话故事的孩子而言，散文是最好的选择，小说应该在其后，这才符合一般人成长的心理特点和阶梯阅读的规律。

现在，摆放在读者面前的这一套暖心散文，所收录的内容，无论是写回忆，写感悟，还是写读书，都是经过精心挑选的，适合年轻读者来读的。在文字中，作者与读者之间产生情感交流，有所感，有所悟，有所碰撞与相融，才会使这三本小书真正成为暖心散文。

作为一个从阅读到写作的经历者，无论阅读还是写作，我有这样三点小小的体会，愿意"好为人师"地告诉读者朋友们，就算作"暖心提示"吧：

一是小一点儿。不要贪多，更不要贪大求全。我自己读中学一直到读大学期间，都没有读过或读全四大名著，为什么要求我们在小小的年纪就一定读完这样的大部头？我最初选择阅读散文，就因其短小精悍。小，才容易读，才容易学，才容易把握住，才容易消化，从而真正变成自己的营养。这样的营养，不仅帮助我们写作，更帮助我们成长。

二是抄一点儿。好记性不如烂笔头，我相信每一位优秀的作家，每一位优秀的学生，都不会没有过抄书的经历。抄一点儿，帮助我们记忆，也帮助我们学习。过去有句俗语："熟读唐诗三百首，不会作诗也会吟。"还有句俗话："天下文章一大抄。"这里的"读"和"抄"，实际上讲出了抄书的重要性。只读书，不抄书，学习上的收获是不一样的。养成抄书的好习惯，然后再延伸到记笔记的好习惯，一辈子受益。

三是写短一点儿。孙犁先生曾经写过一篇很短的散文《菜花》。冬天的大白菜，放久了，菜头会长出黄色的小花来。孙犁先生写的就是这样不起眼的白菜花，并引申写了这样一段话："人的一生，无疑是个大题目。有不少人，竭尽全力，想把它撰写成一篇宏伟的文章。我只能把它写成一篇小文章，一篇像案头菜花一样的散文。"这是经验之谈，足可供我们思考和学习。最初的写作，不要贪大求全，不要总想着作孙犁先生说的那样的"大题目"、写那样"宏伟的文章"；从这样如菜花一样短小的散文入手，无疑是最佳选择。

感谢出版社和编辑朋友编辑出版这套暖心散文。

期待读者朋友的批评指正，当然，也期待你们喜欢，更希望能够对你们有哪怕一点点的帮助或启发。

2022 年 11 月 4 日写毕于北京

目 录

卷一　老院岁月

溶解糖的水变甜、溶解盐的水变咸、溶解了阳光的水变暖，变得犹如母亲温暖的怀抱。

我的演员之梦　　　　　　　　003

姐姐　　　　　　　　　　　　007

母亲　　　　　　　　　　　　017

父亲和信　　　　　　　　　　024

表叔和阿婆　　　　　　　　　031

阳光的三种用法　　　　　　　038

憋老头儿　　　　　　　　　　042

被雨打湿的杜甫　　　　　　　049

泥斑马　　　　　　　　　　　054

花布和苹果　　　　　　　　　059

玻璃糖纸　　　　　　　　　　064

绉纱馄饨　　　　　　　　　　069

卷二　校园时光

有些人、有些事，尽管结识和经过的时间都不长，
却刻进了记忆和生命的年轮里。

白发苍苍　　　　　　　　　　　　075

老电话号码　　　　　　　　　　　079

谁能保留六十六年前的贺年片　　　083

可爱的中国　　　　　　　　　　　088

十万零一个为什么　　　　　　　　095

那片绿绿的爬山虎　　　　　　　　100

一轮明月照犹今　　　　　　　　　105

五月的鲜花　　　　　　　　　　　109

青春期的争论　　　　　　　　　　114

花儿为什么这样红　　　　　　　　118

卷三 　荒原记忆

北大荒，对我而言，既属于荒原，也属于乡土。

荒原记忆　　　　　　　　　　　127

豆秸垛赋　　　　　　　　　　　132

荒草吟　　　　　　　　　　　　141

北大荒的教育诗　　　　　　　　149

那个多雪的冬天　　　　　　　　169

鲫鱼汤　　　　　　　　　　　　178

西瓜记事　　　　　　　　　　　182

卷四 　开春前后

从习惯性到非习惯性的变化，从自我的世界跳出来认识真正客观的世界，是我告别青春的重要节点。

母亲的世界　　　　　　　　　　189

重逢的代价　　　　　　　　　　196

投稿记　　　　　　　　　　　　203

戏剧学院笔记　　　　　　　　　213

半瓯春茗过花时
　　——1983 年的稿费单　　　　226

卷一

老院岁月

溶解糖的水变甜、溶解盐的水变咸、溶解了阳光的水变暖，变得犹如母亲温暖的怀抱。

我的演员之梦

　　小时候，我家住在前门外一个叫作粤东会馆的大院里，那是一个三进三出的大院，在迎面影壁后面，有一个挺豁亮的空场，一左一右种有两株丁香树，一株开白花，一株开紫花，每年春天烂烂漫漫开得都让我们孩子特别兴奋，那劲头一直能够蔓延到暑假，丁香树枝叶葱茏，洒下一地的绿荫。

　　暑假，我们全院孩子玩的兴奋点，不在金鱼，也不在蛐蛐，都集中在了这里。趁着大人上班不在家，我常常从家里偷出被单、床单，跑到空场上，把床单或被单挂在两株丁香树之间。这就是我第一次登台演出的幕布。似乎只有有了幕布，才像模像样真的那么一回事似的，有了真正当演员正式演出的感觉。幕布，对于我最初对话剧的认识，就那么重要，有那么大的神秘感。我想后来我考上了中央戏剧学院，最初的启蒙就在这里吧。

那时候，在丁香树下演节目，是我们一群孩子最开心的一种游戏。

我和几个半大小子、丫头躲在幕布后面，几个上中学的大姐姐为我们化装。不过是把指甲草揉碎了，挤出一手红红的汁，就往脸上抹，然后划着火柴烧着一段吹灭了，用那火柴头上的炭灰把眉毛涂黑，便自以为真像演员了，演员都是要化装的嘛。

记得有一次，我们正在幕布后面，大姐姐把指甲草往我们脸上抹的时候，床单大概没系牢，不知怎么忽然掉了下来，后台一览无余，逗得小崩豆儿们捧着肚子乐，算是演出的最高潮。

还有一次，我们在台上正兴致勃勃演着，台下一个小崩豆儿憋不住了，掏出小鸡鸡就尿，惹得大家不看我们演节目，光看他尿了。我们想办法叫大家看，怎么喊也不灵，一直到他把尿长长流水般尿完为止，大家的目光才又重新像小鸟一样飞回丁香树的枝头。

记忆里，我表演的最精彩的节目是演唱一首歌曲，歌名叫作《照镜子》。这是一个院子里的大姐姐教我唱的外国民歌，歌词至今记忆犹新：

妈妈她到林里去了，

我在家里闷得发慌，

墙上的镜子请你下来，

仔细照照我的模样，

让我来把我的房门轻轻关上……

　　其实，这应该是一首女生表演唱的歌，但是，虚拟的房门和镜子，让我特别感兴趣，觉得那才叫表演。

　　不过，那时候，总觉得唱歌跳舞，并不是最高级的节目。真正的节目，应该是演话剧。特别是我第一次走进王府井大街北口的中国儿童话剧剧院，看了一场话剧《枪》之后，迷得不得了，更觉得话剧最高级。

　　于是，放学跑回家，我就拉着弟弟，趁着爸爸妈妈不在家，把床当成舞台，我们两人跳到床上演出我自认为精彩的大戏。那时，刚刚看过电影《虎穴追踪》和《扑不灭的火焰》，我们两人分别扮演《虎穴追踪》里的侦察员李永和和特务头子的一场对手戏，演完之后，不过瘾，接着演《扑不灭的火焰》里汉奸蒋二和八路军蒋三的对手戏。

　　演《虎穴追踪》还好，侦察员和特务头子相互之间就是说，我和弟弟看过好几遍电影了，台词背得滚瓜烂熟；

演《扑不灭的火焰》，有相互追逐的打斗戏，我非要演八路军蒋三，弟弟本来就不乐意，一个劲儿地说你是哥哥，演弟弟蒋三不合适。我坚持演八路军，弟弟拧不过我，没办法，只好去演哥哥蒋二。谁想在搏斗的时候，我们两人真的扭打在一起，打急了眼，我赶紧跳下床，弟弟也跟着跳了下来追我。追不上，他急了眼，顺手抄起地上的一个小板凳，朝我砸了过来，正好打在我的右腿上，立刻流出了血。弟弟傻了眼，等着爸爸回来挨说吧。

演戏演得我的右腿上留下了一块小小的伤疤。六十多年过去了，它清晰还在。

姐姐

这个世界上最先让我感觉到至为圣洁而宽厚的爱，而值得好好活下去的，一个是母亲，一个是姐姐。

一

年轻时，姐姐很漂亮，只是脾气不好，这一点随娘。在我和弟弟落生的时候，娘都把姐姐赶出家门远远地到城外去，说她命硬，会冲了我们降生的喜气。我和弟弟都是姐姐抱大的，只要我们一哭，娘常常不问青红皂白先把姐姐骂上一顿，或者打上几下。可以说，为了我和弟弟，姐姐没少受气，脾气渐渐变得暴躁而格外拧。

可是，姐姐从来没对我和弟弟发过一次脾气。即使现在我们已经长大成人，在她眼里依然还像依偎在她怀中的小孩。

姐姐的脾气使得她主意格外大，什么事都敢自己做主。娘去世的那一年，她偷偷报名去了内蒙古。那时，正修京包铁路线，需要人。那时，家里生活愈发拮据，娘去世后一大笔亏空，父亲瘦削的肩已力不可支。临行前，姐姐特地在大栅栏为我和弟弟买了双白力士鞋，算是再为娘戴一次孝，带我们到劝业场照了张照片。带着这张照片，姐姐走了，独自一人走向风沙弥漫的内蒙古，虽未有昭君出塞那样重大的责任，但一样心事重重地为了我们而离开了北京。我和弟弟过早尝到了离别的滋味，它使我们过早品尝人生的苍凉而早熟。从此，火车站灯光凄迷的月台，便和我们命运相交无法分割。

　　那一年，姐姐十七岁。第二年，姐姐结婚了。她再一次自作主张让父亲很是惊奇得无奈。春节前夕，她和姐夫从内蒙古回到北京，然后回姐夫的家乡任丘。姐夫就是从那里怀揣着一本孙犁的《白洋淀纪事》参加革命的，人脾气很好，正好和姐姐成了鲜明的对比。

　　之后，我和弟弟便盼姐姐回来。因为每次姐姐回来，都会给我们带回许多好吃的、好玩的。我们还是不懂事的小馋猫呀！记得困难时期，姐姐到武汉出差，想买些香蕉带给我们，跑遍武汉三镇，只买回两挂芭蕉。那是我第一次吃芭蕉，短短的，粗粗的，口感虽没有香蕉细腻，却让我难忘。望着我和弟弟贪婪地吃着芭蕉的样子，姐姐悄悄落泪。那时，我不明白姐姐为什么要落泪。

那一次，姐姐和姐夫一起来北京，看见我和弟弟如狼似虎贪吃的样子，没说什么。正是我们长身体的时候，肚子却空空的像无底洞，家里粮食总是不够吃……父亲念叨着。姐姐掏出一些全国粮票给父亲，第二天一清早便和姐夫早早去前门大街全聚德烤鸭店排队。我不知道姐姐、姐夫排了多长时间的队，当我和弟弟放学回家时，见到桌上已经摆放着烤鸭和薄饼。那是我们第一次吃烤鸭，以为它是世界上最好吃的东西了。望着我们一嘴油一手油可笑的样子，姐姐苦涩地笑了。

盼望姐姐回家，成了我和弟弟重要的生活内容。于是，我们尝到了思念的滋味。思念有时是很苦的，却让我们的情感丰富而成熟起来。

姐姐生了孩子以后，回家探亲的日子越来越少。她便常寄些钱来，父亲拿这些钱照样可以买各种各样的东西给我们，我却越发思念姐姐了。我们盼望姐姐归来已经不仅仅为了馋嘴，一股浓浓依恋的情感已经长成枝繁叶茂的大树，即使无风依然婆娑摇曳。

终于，又盼到姐姐回来了，领着她的女儿。好日子太不禁过，像块糖越化越小，即使再精心地含着。既然已经是渴望中的重逢，命中必有一别。姐姐说什么也不要我和弟弟送，因为姐姐来的第二天，正是少先队宣传活动，我逃了活动挨了大队辅导员的批评。那一天中午，姐姐带我们到家附近的鲜鱼口联友照相馆。照相前，她没带眉笔，划着几根火柴，用火柴上烧后的可怜的一点点如笔尖上点金一样的炭，分别在我和弟弟眉毛上描了描，想把我们打扮得漂亮些。照完相回到家整理好行装，我和弟弟送姐姐她们娘儿俩到大院门口，姐姐不让送了，执意自己上火车站。走了几步，回头看我们还站在那里，便招招手说："快回去上学吧！"我和弟弟谁也没动，谁也没说话，就那样呆呆站着望着姐姐的身影消失在胡同尽头。当我们看到姐姐真的走了，一去不返了，才感到那样悲怆，依依难舍又无可奈何。我和弟弟悄悄回到大院，一时不敢回家，一人伏在一株丁香树旁默默地擦眼泪。

我们不知在那里站了多久，一直到一种梦一样的声音突然在耳边响起，抬头一看，竟不敢相信：姐姐领着女儿再次出现在我们的面前，仿佛她早已料到会有这样的场面一样。她摸摸我们的头说："我今儿不走了！你们快上学吧！"我们破涕为笑。那一天过得格外长！我真希望它能够永远"定格"！

二

在一次次分离与重逢中，我和弟弟长大了。1967年年底，弟弟不满十七岁，像姐姐当年赴内蒙古一样，自作主张报名去青海支援三线建设，一腔天涯何处无芳草的慷慨豪壮。姐姐以为他去西宁一定要走京包线的，就在呼和浩特铁路站一连等了他三天。姐姐等不及了，一脚踏上火车直奔北京，弟弟却已走郑州直插陇海线，远走高飞了。姐姐不胜悲恸，把原本带给弟弟的棉衣给了我，又带我跑到前门买了顶皮帽，仿佛她已经有了我也要走的先见之明一样。我只是把她本来送弟弟的那一份挚爱与牵挂通通收下了。执手相对，无语凝噎，我才知道弟弟这次没有告别的分手，对姐姐的刺激是多么大。天涯羁旅，茫茫戈壁，会时时跳跃着姐姐一颗不安的心。

就在姐姐临走那天夜里，我隐隐听到一阵微微的哭泣声，禁不住惊醒一看，姐姐正伏在床上，为我赶缝一件棉坎肩。那是用她的一件外衣做面、衬衣做里的坎肩。泪花迷住她的眼，她不时要用手背擦擦，不时拆下缝歪的针脚，重新抖起沾满棉絮的针线……

我不敢惊动她，藏在棉被里不敢动窝，眯着眼悄悄看她缝针、掉泪。一直到她缝完，轻轻地将棉坎肩放在我的枕边，转身要去的时候，我怎么也忍不住了，一把伸出手，紧紧抓住她的胳膊。我本以为我一定控制不住，会大哭起来，可我竟一声没哭，只是一句话也说不出来，喉咙和胸腔里像有一股火在冲、在拱、在涌动……

我就是穿着姐姐亲手缝制的棉坎肩，带着她的棉衣、皮帽以及绵绵无尽的情意和牵挂，踏上北去的列车到北大荒去的。那是弟弟走后不到一年的事。从此，我们姐仨一个东北、一个西北、一个内蒙古，离得那么远那么远，仿佛都到了天尽头。我知道以往月台凄迷灯光下含泪的别离，即使是痛苦的，也难再有了，而只会在我们各自迷蒙的梦中。

我和弟弟两个男子汉把业已年老的父亲孤零零甩在北京。就在这一年元旦前夕，姐姐、姐夫来到北京开会。他们本可以住到招待所，但是，他们住在窄小的家里，陪伴、安慰着父亲孤寂的心。这就是我和弟弟甩给姐姐的家。

姐姐、姐夫临走的那一天清早，买了许多元宵，煮熟吃时，姐姐、姐夫和父亲却谁也吃不下。元宵本该团圆之际吃，而我和弟弟却远走天涯。她回内蒙古后不时给父亲寄些钱来，其实那本该是我和弟弟的责任。姐姐也常给我和弟弟分别寄些衣物食品，她把她的以及远逝的那一份母爱一并密密缝进包裹之中。她只要我常常给她写信、寄照片。

当我有一次颇为自得地写信告诉她我能扛起九十公斤重的大豆踩着颤悠悠三级跳板入囤时，姐姐吓坏了，写信告诉我她一夜未睡，叮嘱我一定小心，千万别跌下来，让姐一辈子难得安宁。

又一次她看见我寄去的照片，穿着临走时她给我的那件已经破得不成样子的棉衣，补着我那针脚粗粗拉拉实在难看的补丁，又腰扎一根草绳时，她哭了，哭得那样伤心，以致姐夫不知该怎么劝才好……

三

当我像只飞得疲倦的鸟又飞回北京，北京没有如当年扯旗放炮欢送我一样欢迎我。可怜巴巴的我像条乞讨的狗一样，连一份工作都没有，只好待业在家，才知道无论什么时候只有家才是憩息地。

从我回北京那一月起，姐姐每月寄来三十元钱，一直寄到我考入大学。似乎我理所应当从她那里领取这份"工资"。她已经有三个孩子，一大家子人。而那年我已经二十七岁！每月邮递员呼喊我的名字，递给我这份寄款单时，我的手心都会发热发颤。仿佛长得这么大了，我还是个嗷嗷待哺的孩子，三十元可以派些大的用场。脆薄的自尊与虚荣，常在这几张票子面前无地自容，又无法弥补。幸亏待业时间不长，一年多后，我找到了工作，在郊区一所中学教书。我把消息写信告诉姐姐，叫她不要再寄钱，我已经有了每月四十二元半的工资。谁知，姐姐不仅依然按月寄来三十元钱，而且寄来一辆自行车，告诉我："车是你姐夫的，你到郊区上班远，骑车方便些，也可以省点汽车钱……"

我从火车货运站取出自行车，心一阵阵发紧。这辆银色的自行车跟随姐夫十几年。我感到车上有姐姐和姐夫的殷殷心意，只觉得太对不起他们，不知要长到多大才不要他们再操心！

我盼望着姐姐能再来北京，机会却如北方的春雨难得了。只是有一次姐姐突然来到北京，让我喜出望外。那是单位组织她到北戴河疗养。她在铁路局房建段当管理员，平凡的工作，却坚持天天不迟到、不请假、坚守岗位，因此年年评什么先进工作者都要评上她。这次到北戴河便是对她的奖励，第一次，也是最后一次。十几年没见面了，姐姐明显老了许多，更让我惊奇的是大热的天，她还穿着棉毛裤。我问她怎么啦？她说早就得了风湿性关节炎。其实，我们小时候，她的腿就已经坏了，那时候我没注意罢了。我们长大了，姐姐老了，花白的头发飘飞在两鬓。她把她的青春献给了内蒙古，也融入了我和弟弟的血肉之躯！

我和弟弟都十分想念姐姐。想想，以往都是她千里奔波来看我们，这次，我大学毕业，弟弟考取大学研究生，利用暑假，我们各自带着孩子专程去看望一下姐姐！这突然的举动，好让姐姐高兴一下！是的，姐姐、姐夫异常高兴，看见了我们，又看见了和我们当年一般大的两个孩子，生命的延续让人感到生命的力量。临离开北京前，我特意买了两挂厄瓜多尔进口大香蕉，那曾是小时候姐姐和我们最爱吃的。我想让姐姐吃个够！谁知，姐姐看着这橙黄、硕大的香蕉，不舍得吃，非让我们吃。我和弟弟不吃，她又让两个孩子吃。两个孩子真懂事，也不吃。直至香蕉一个个变软、变黑，最后快要烂了，还是没人吃。没人吃，也让人高兴！姐姐只好先掰开一只香蕉送进嘴里，"好！我先吃！都快吃吧，要不浪费了多可惜！"我从来没有吃过这样美味的香蕉！悄悄地，我想起小时候姐姐从武汉买回的那挂芭蕉。人生的滋味真正品味到了，是我们以全部青春作为代价。

昭君墓就在呼和浩特近郊，姐姐在这里生活了这么长时间，却从来没有去过一次。我们撺掇姐姐去玩一次。她说：

"我老了，腿也不行，你们去吧！"一想到她的老关节炎腿，也就不再劝，我们去的兴头也不大，便带着孩子到城里附近的人民公园去玩。不想那天玩到快出公园大门，天突然浓云密布，雷雨大作。塞外的豪雨莽撞如牛，铺天盖地而来，那阵势惊人，不知何时才能停下来。我们只好躲在走廊里避雨，待雨稍稍小下来，望望天依然沉沉的，索性不再等雨过天晴，领着孩子向公园门口跑去。刚跑到门口，就听前面传来呼唤我和弟弟的声音。真没有想到，是姐姐穿着雨衣，推着车，站在路旁招呼着我们，后车座上夹满雨具，不知她在这里等了多久！雨珠一串串从打湿的头发梢上滚下来，雨衣挡不住雨水的冲击，姐姐的衣服已经湿漉漉一片，裤子已经完全湿透，紧紧包裹在腿上……

姐姐！无论风中、雨中，无论今天、明天，无论离你多近、多远，我会永远这样呼唤你，姐姐！

母亲

一

　　姐姐离开北京去内蒙古没有多久，爸爸把我和弟弟放在他的一个朋友的家里照料，自己回了一趟老家。他回来的时候，给我们带回来了一个女人，后面还跟着一个十几岁的小姑娘，爸爸指着她，对我和弟弟说："快，叫妈妈！"

　　弟弟吓得躲在我身后，我噘着小嘴，任爸爸怎么说，就是不吭声。

　　"不叫就不叫吧！"她说着，伸出手要摸摸我的头，我拧着脖子闪开，就是不让她摸。

　　望着陌生的娘儿俩，我首先想起了那无数人唱过的凄凉小调："小白菜呀，地里黄呀，两三岁呀，没有娘呀……"我不知道那时是一种什么心绪，总是用忐忑不安的眼光偷偷看她和她的女儿。

有一天，我发现她的女儿手里拿着几管彩色的丝线，我一眼就认出来是娘的丝线。但是，我不放心，生怕是自己疑心弄错了，赶紧跑到自己的床边，掀开褥子一看，果然，丝线不见了。我跑了过去，不由分说，一把从她女儿的手里夺过丝线。她女儿和我争夺，不知道哪儿来的那么大的劲儿，我一把把她女儿推倒在地上。她呜呜地哭了起来。

爸爸和她都跑了过来，爸爸责备我，说一个男孩子要丝线干什么用，让我把丝线给她的女儿，我也呜呜地哭了起来，手心里攥着丝线就是不给。

她把她的女儿拉到一旁，说："你要丝线干什么呀！那是弟弟的嘛！"

在以后的日子里，我从来不喊她妈妈。上学之后，学校开家长会，我硬愣把她堵在学校门口，对同学说："这不是我妈。"

娘去世后，爸爸放大了一张十几寸的娘的照片，挂在墙上。有一天，我看见她踩着凳子上去擦照片上的灰尘。她正擦着，我突然向她大声喊："你别碰我娘！"

好几次夜里，我听见爸爸在和她商量："把照片取下来吧？"她总是说："不碍事儿，挂着吧！"头一次，我对她产生了一种说不出的好感，但我还是不愿叫她妈妈。

二

八岁那年，我上小学二年级，火车第一次驶进我的生命里。暑假，我坐火车去到包头看姐姐。

那时，我家住在前门外，紧靠着老的前门火车站，成天看见火车拉响着汽笛跑来跑去，但我还没坐过火车。因为姐姐在铁路局工作，我对火车充满感情。因为那火车可以带我去看姐姐，就对火车更充满向往。

快放暑假的时候，我几乎天天都吵着要去看姐姐。姐姐已经离开北京四年了，她在包头结了婚，有了孩子。我觉得那时我最想的就是姐姐。当然，姐姐也想我，她最后来信对爸爸说："就让复兴来吧，上车托付给列车员，应该没问题。"

听说学校开张证明，便可以买张半价的学生火车票。爸爸去了趟学校，碰壁而归。校长说学生只有去探望父母才可以买半价学生票，看姐姐不行。我知道那位脸总是像刷着糨糊一样绷得紧紧的校长，他说出的话从来都是钉天的星。我们看见他，都像耗子见了猫一样，躲得远远的。

她说："我去试试！"

我不抱什么希望。果然她也是碰壁而归。不过，她不是就此罢休，接着再去，接着碰壁。我记不清她究竟几进几出学校了。总之，一天晚上，她去学校很晚没回家，爸爸着急了，让我去找。我跑到学校，所有办公室都黑洞洞的，只有校长室里亮着灯。我走近校长室门前，没敢进去。平日，我从没进过一次校长室。只有那些违反校规、犯了错误的同学才会被叫进去挨训。我趴在门口听听里面有什么动静没有。什么动静也没有。莫非没人？妈妈不在这里？再听听，还是没有一点声响。我趴在窗户缝瞅了瞅，校长在，妈妈也在。两人演的是什么哑剧？

　　我不敢进去，也不敢走，坐在门口的石阶上等。不知过了多半天，校长的声音吓了我一跳："大妈！我算服了您啦！给您，证明！我可是还没吃饭呢！"接着就听见椅子响和脚步声，吓得我赶紧兔子一样跑走，一直跑出学校大门。我站在离校门口不远的一盏路灯下，等妈妈出来，我老远就看见她手里攥着一张纸，不用说，那就是证明。

　　她走过来，我从灯影下跳了出来，愣愣地，吓了她一跳，一见是我，把证明递给我："明儿赶紧买火车票去吧！"

　　回家的路上，我问她："您用什么法子开的证明呀？"我觉得她能把那么厉害的校长磨得好说话了，一定有高招。

她微微一笑："哪儿有啥法子！我磨姜捣蒜就是一句话：'探亲，探亲！复兴就这么一个亲姐姐，除了姐姐还探啥亲？不给开探亲证明哪个理？'校长不给开，我就不走。他学问大，拿我一个老婆子有啥法子！"

那时候，我的脸好红。我不是最怕她去学校吗？好像她会给我丢多大脸一样。可是，今天要不是她去学校，证明能开回来吗？

虚荣心伴我长大。当浅薄的虚荣一天天减少，我才像虫子蜕皮一样渐渐长大成人。而那时候，我懂得多少呢？在我心的天平上，一头是妈妈，一头却是姐姐。

三

孩子没有一盏是省油的灯，大人的心操不完。我们大院前有块平坦、宽敞的水泥空场，空场上放着一个大车的轮子，我们把它当成了公园儿童游乐场的水车，常踩在上面滑着玩。空场成了我们孩子的儿童乐园，有一天，我在车轮上玩疯了，车轮越转越快，脚踩在上面太快，一脚踩空，重重地摔在了水泥地上，立刻晕了过去。

等我醒来的时候，看见的是一位穿白大褂的大夫。大夫告诉我："多亏了你妈呀！她一直背着你跑到医院里来的，生怕你留下后遗症，长大可得好好孝顺呀……"

她站在一边不说话，看我醒过来，伏下身摸摸我的后脑勺，又摸摸我的脸。不知怎么搞的，我第一次在她面前流泪了。

"还疼？"她立刻紧张地问我。

我摇摇头，眼泪却止不住。

"不疼就好，没事就好！"

回家的时候，天早已经全黑了。从医院到家的路很长，还要穿过一条漆黑的小胡同，我一直伏在她的背上。我知道刚才她就是这样背着我，跑了这么长的路往医院赶的。

以后的许多天里，她不管见爸爸还是见邻居，总是一个劲儿埋怨自己："都赖我，没看好孩子！千万别落下病根儿呀……"好像一切过错不在那硬邦邦的水泥地，不在我那样调皮，而全在于她。一直到我活蹦乱跳一点没事了，她才舒了一口气。

没过几年，困难时期就来了。只是为了省出家里一口人吃饭，她把自己的亲生闺女，那个老实、听话，像她一样善良的小姐姐嫁到了内蒙古，那年小姐姐才十八岁。我记得特别清楚，那一天，天气很冷，爸爸看小姐姐穿得太单薄了，就把家里唯一一件粗线毛大衣给小姐姐穿上。她看见了，一把给扯了下来，对小姐姐说："别，还是留给弟弟吧。啊？"

车站上，她一句话也没说，是在火车开动的时候，她向女儿挥了挥手。寒风中，我看见她那像枯枝一样的手臂在抖动。回来的路上，她一边走一边唠叨："好啊，好啊，闺女大了，早点儿寻个人家好啊，好。"我实在是不知道人生的滋味，不知道她一路上唠叨的这几句话，是在安抚她自己那流血的心，她也是母亲，她送走自己的亲生闺女，为的是两个并非亲生的孩子，世上竟有这样的后妈吗？

望着她那日趋隆起的背影，我的眼泪一个劲儿往上涌，"妈妈！"我第一次这样称呼了她，她站住了，回过头，愣愣地看着我，不敢相信这是真的。

我又叫了一声"妈妈"，她竟"呜"的一声哭了，哭得像个孩子。多少年的酸甜苦辣，多少年的委屈，全都在这一声"妈妈"中融解了。

父亲和信

　　初三毕业的那年暑假，一天晚上，我已经躺在床上睡下了。父亲走进来，轻轻地把我叫醒。睁开惺忪的睡眼，望着父亲，不知有什么事情，都已经这么晚了。父亲只是很平淡地说了句："外面有人找你。"就又走出房间。

　　我大了以后，父亲不再像我小时候那样磨姜捣蒜一样絮絮叨叨地教育我，他知道我不怎么爱听，和我讲话越来越少。初三那一年，我正在积极地争取入团，和他更是注意划清阶级界限，因为他参加过国民党。父亲显然感觉得出来，更是明显地和我拉开距离，不想让自己当成我批判的靶子，当然，更不想影响我的进步。因此，他和我讲话的时候，显得十分犹豫，不知该说什么才好。最后，索性少说，或者不说。

　　我穿好衣服，走出家门，看见门口站着一个女同学。起初，没有认出是谁，定睛一看，是我的小学同学小奇。她笑着和我打着招呼。我们是小学同学，她是上四年级的时候，从南京来到北京，转到我们学校的。我们同年级，不同班。第一次见面的情景，立刻在她向我挥手打招呼的瞬间闪现。我们学校有几台乒乓球案子，课间十分钟，是同学们抢占案子的时候，每人打两个球，谁输谁下台，让另一个同学上来打。那时候，我乒乓球打得不错，常常能占着台子打好多个回合。那一天，上来的同学劈头盖脸就抽了我一板球，让我猝不及防，我忍不住叫了声："够厉害的呀！"抬头一看，是个女同学，就是小奇。

小学毕业，我们考入不同的中学，初中三年，再也没有见过面。突然间，她出现在我家的门前。这让我感到奇怪，也让我感到惊喜。看她明显长高了许多，亭亭玉立的，是少女时最漂亮的样子。

她是来我们大院找她的一个同学，没有找到，忽然想起了我也住在这个院子里，便来找我，纯属于挂角一将。但那一夜，我们聊得很愉快。坐在我家旁边的老槐树下，她谈兴甚浓。五十多年过去了，谈的别的什么都记不得了，唯独记得的是，她说暑假跟她妈妈一起回了一趟南京，看到了流星雨。我当时连流星雨这个词都没有听说过，很好奇地问她什么是流星雨。她很得意地向我描述流星雨的壮观。那一夜，月亮很好，星光璀璨，我望着夜空，想象着她描述的壮观夜空，有些发呆，对她刮目相看。

谈不上阔别重逢，但是，少年时期的三年，正是人的模样、身材和心理、生理迅速变化的三年，时间过得很快，回想起来却显得很长。意外的重逢，让我们彼此都有一种异样的感觉。我们就是这样接上火，令我们都没有想到的是，我们的友谊，从那一夜蔓延到了整个青春期。

从那个夜晚开始，几乎每个星期天的下午，她都会到我家找我。我们坐在我家外屋那张破旧的方桌前聊天，天马行空，海阔天空，好像有说不完的话，窄小的房间，被一波又一波的话语胀满。一直到黄昏时分，她才会起身告别。那时，她考上北京航空学院附中，住校，每星期回家一次，她要在晚饭前返回学校。我送她走出家门，因为我家住在大院最里面，一路要逶迤走过一条长长的甬道，几乎所有人家的窗前都趴有人头的影子，好奇地望着我们两人，那眼光芒刺般落在我们的身上。我和她都会低着头，把脚步加快，可那甬道却显得像是几何题上加长的延长线。我害怕那样的时刻，又渴望那样的时刻。落在身上的目光，既像芒刺，也像花开。

我送她到前门22路公共汽车站，看着她坐上车远去。每个星期天的下午，由于她的到来，变得格外美好，而让我期待。那个时候，我沉浸在少男少女朦胧的情感梦幻中，忽略了周围的世界，尤其忽略了身边父亲和母亲的存在。

所有这一切，父亲是看在眼里的，他当然明白自己的儿子正在发生着什么事情，又在经历着什么事情。以他过来人的眼光看，他当然知道应该在这个时候提醒我一些什么。因为他知道，小奇的家就住在我们同一条街上，和我们大院相距不远，也是一个很深的大院。但是，那个大院和我们大院完全不同，不同的原因，从外表就可以看得出来，它是拉花水泥墙，红漆木大门，门的上方有一个浮雕——大大的五角星。这便和我所居住的那种广亮式带门簪和门墩的黑色老门老会馆，拉开了不止一个时代的距离。

其实，这一点，我是知道的，每天上学下学，都要路过那里。但是，当时的我对这一点根本忽略不计。对于父亲而言，这一点，是表面，却是直通本质的。因为居住在那个大院里的人，全部都是解放北京城之后进城的解放军的军官或复员军人和他们的家属。那个被称作乡村饭店的大院，是中华人民共和国成立之后拆除了那里的破旧房屋后，新盖起来的，从新老年限看，和我们的老会馆相距有一两百年的历史。在父亲的眼里，这样的距离是不可逾越的。不可逾越，从各自居住不同的大院就已经命定。我发现，每一次我送小奇到前门回到家，父亲都好像要对我说什么，却又都欲言又止。从那时我的年龄和阅历来讲，我无法明白父亲曾经沧海的忧虑。我和父亲也隔着一道无法逾越的距离。

那时候，我喜欢文学，她喜欢物理，我梦想当一名作家，她梦想当一名科学家。她对我的欣赏，给我的鼓励，表露于我的友谊和感情，伴随我度过青春期。

说心里话，我对她一直充满似是而非的感情，那真的是人生中最纯真而美好的感情。每个星期天她的到来，成为我最欢乐的日子；每个星期见不到她的日子，我会给她写信，她也会给我写信。整整高中三年，我们的通信，有厚厚的一摞。我把它们夹在日记本里，胀得日记本快要撑破了肚子。父亲看到了这一切，但是，他从来没有看过其中的一封信。

寒暑假的时候，小奇来我家找我的次数会多些。有时候，我们会聊到很晚，送她走出我们大院的大门了，我们站在大门口外的街头，还接着在聊，恋恋不舍，谁也不肯说再见。那时候，不知道我们怎么总会有说不完的话，长长的流水一般汩汩不断，扯出一个线头，就能引出无数条大路小道，逶迤迷离，曲径通幽，能够到达很远很远未知却充满魅力的地方。

路灯昏暗，夜风习习，街上已经没有一个行人，安静得像是睡着了一样。只有我们两个人还在聊。一直到不得不分手，望着她向她家住的乡村饭店的大院里走去的背影消失在夜幕中，我回身迈上台阶要回我们大院的时候，才蓦然心惊，忽然想到，大门这时候要关上了。因为每天晚上都会有人负责关上大门。那样的话，可就麻烦了，门道很长，院子很深，想叫开大门，不是件容易的事情。很有可能，我得在大门外站一宿了。

当我走到大门前，抱着侥幸的心理，想试一试，兴许没有关上。没有想到，刚刚轻轻一推，大门就开了。我庆幸自己的好运气，大门真的还没有关闭。我走进大门，更没有想到的是，父亲就站在大门后面的阴影里。我的心里漾起一阵感动。但是，我没有说话，父亲也没有说话，就转身往院里走。我跟在父亲的背后，走在长长的甬道上，只听见我和父亲咚咚的脚步声。月光把父亲瘦削的身影拉得很长。

很多个夜晚，我和小奇在街头聊到很晚，回来时，生怕大院的大门被关闭的时候，总能够轻轻地就把大门推开，看见父亲站在门后的阴影里。

那一幕的情景，定格在我的青春时代，成为一幅永不褪色的画面。在我也当上了父亲之后，我曾经想，并不是每一个父亲都能做到这样的。其实，对于我和小奇的交往，父亲从内心是担忧的，甚至是不赞成的。因为在那讲究阶级、讲究出身的年代，注定他们的后代命运的结局。年轻的我吃凉不管酸，父亲却已是老眼看尽南北人。

只是，他不说什么，任我任性地往前走。因为他不知道该如何说，他怕说不好，引起我的误解，伤害我的自尊心，更引起我对他的批判。更重要的是，他知道说了也不起什么作用。两代不同生活经历与成长背景的人，代沟是无法填平弥合的。在那些个深夜为我等门守候在院门后面的父亲，当时，我不会明白他这样复杂曲折的心理。只有我现在到了比父亲当时的年龄还要大的时候，才会在蓦然回首中，看清一些父亲对孩子疼爱有加又小心翼翼的心理波动的涟漪。

1973年的秋天，父亲脑出血去世。那时，我在北大荒插队，赶回北京奔丧。父亲的后事料理停妥之后，我打开我家那个黄色的小牛皮箱。那里装着我的看家宝贝、父亲的工资、所有的粮票布票邮票，等等。我想会不会有父亲留给我的信，哪怕是只写几个字的纸条也好。在小牛皮箱子的最底部，有厚厚的一摞信。我翻开一看，竟然是我去北大荒之前没有带走的小奇写给我的信，是整整高中三年写给我的所有的信。

望着这一切，我无言以对，眼前泪水如雾，一片模糊。

表叔和阿婆

　　表叔住在我们大院中院的倒座房中的一间。虽然是一间，开间很大，只住着表叔和阿婆母子两个人，贴着两边的墙根儿各放一张床，两床中间，冲着窗户，放着一张写字台，空间还是很宽敞的。

　　阿婆岁数大了，人们管她叫阿婆，可以理解。老太太是广东人，阿婆是广东人的叫法。为什么唤他表叔，我们大院里的人，谁也说不出子丑寅卯。几十年来，大院无论男女老少都这样唤他。这称谓透着一家子般的亲切，也杂糅着难以言说的人生况味。

　　表叔这个人有点怪，他以洁癖闻名全院。下班回家，两件大事：一是擦车，二是擦身。无论冬夏雨雪，雷打不动。

　　表叔擦车与众不同，他要把他那辆自行车搬进屋子里，把车掉个个儿，车把着地，两只轮子朝上，活像对付一个双腿朝天不住踢腾的调皮孩子。他更像给孩子洗澡一样认真而仔细，湿布、棉纱、毛巾，轮番招呼，直擦得那车锃亮，能照见人影儿，方才罢手。

然后，表叔再去擦身。他从不挂窗帘，永远赤着脊梁，湿毛巾、干毛巾，一通上下左右、斜刺横弋地擦，直擦得身上泛红发热，方解心头之恨一般，心满意足地将一盆水端出屋，站在他家廊檐前的高台阶上，双手使劲左右一甩，"哗"的一下，把水倒到院子里，一盆水甩出一个扇面的弧度，如雨而下，然后转身回屋。从擦车到擦身一系列动作，这才算完成。绝对是浑然一体、一气呵成，成为大院久演不衰的保留节目。

阿婆已经快八十岁了，年近五十的表叔却至今未娶。这很让全院人为他鸣不平。他人缘很好，是一家无线电厂的工程师，院里街坊谁家收音机、电视机出了毛病，都是他出马，手到擒来，不费吹灰之力。偏偏人好命不济，从年轻时人们就开始走马灯一样给他介绍对象，竟然天上瓢泼大雨，也未有一滴雨点儿落在他的头顶。一晃，表叔都已经年近五张，头发都谢了顶。

究其原委，表叔有个缺陷：说话"大舌头"，那说话声儿有些含混，呜呜嘟嘟的，嘴里总像含着个热茄子。姑娘一听这声音，便皱起眉头，觉得这声音太刺激耳朵，更妨碍交流。

表叔还有个包袱，实际上是他对象始终未成的最大障碍，便是阿婆。阿婆年纪大了，并不是影响表叔搞对象的原因，谁家里没有个老人呢？关键是自打表叔一家搬进大院，阿婆便是瘫在床上的，吃喝拉撒睡，均无法自理。有的姑娘容忍了表叔的舌头，一见阿婆立刻退避三舍，甚至说点不凉不酸或绝情的话，不愿意一过门就得伺候一个瘫婆婆。

久经沧海，表叔心静自然凉，觉得天上星星虽多，却没有一颗是为自己亮的，而自己要做永远的一轮太阳，照耀在母亲的身旁。这话说得虽义正词严，却也得罪好多姑娘，姑娘撇撇嘴，带有一副讽刺的口吻说："还会作诗呢！"然后，甩出一句："做你的太阳去吧！"便甩手而去。

表叔能够理解并原谅姑娘拒绝自己的爱，包括对自己舌头的鄙夷，却绝不理解更难原谅她们对自己母亲的亵渎。虽然，老人是瘫在床上，但她这一辈子全是为儿子呀！羊羔尚知跪乳以谢母恩，更何况人呢！

街里街坊都庆幸阿婆有福，虽没得到梦寐以求的儿媳妇，毕竟摊上了这么孝顺的儿子。阿婆总觉得是自己拖累了儿子。常念叨："都是我这么一个瘫老太婆呀，老天爷怎么就不把我收了去呢？害得你讨不到老婆！"

表叔总这样劝阿婆："我就是没有老婆也不能没有您。您想想，没有您，能有我吗？"表叔说出的话，粗粗的，混沌得很，一般人听不大清楚，但阿婆听得真真的，在阿婆听来，那就是天籁之音。

多次搞对象铩羽而归之后，表叔不再抱希望，别人再给他介绍对象，他也兴趣不大了。这时候，他的兴趣转向了体育，特别爱看篮球比赛。这和我那时候的爱好相同，他便常和我聊天，成为知音。只要有篮球比赛，他下班之后，擦车、擦身两项节目完成，再替阿婆把晚饭做好，喂阿婆吃完，一准儿去看篮球比赛。

那时候，首都体育馆和工人体育馆都还没有建成，篮球比赛主要在这样两处。长安街有个露天的灯光篮球场，就在北京饭店的对面，那里一般都是北京市业余队的篮球比赛，属于乙级队的比赛，门票很便宜。再有一处，便是天坛东门新建不久的北京体育馆，那里的比赛要高级得多，国际比赛都要在那里举行。一般到长安街去看球，表叔都会骑自行车去；到北京体育馆，他都改坐电车去，因为那里不好存自行车。那时候，还有那种有轨电车，从崇文门到体育馆，体育馆是电车总站，从我们大院去那里，坐电车很方便。

记得那年苏联迪纳摩篮球队来华比赛，就是在北京体育馆进行的。迪纳摩队有当时世界最高的两米一八的中锋克鲁明，很是引人注目，好多人看比赛，就是为了看克鲁明。那场比赛的票价贵，又不好买，表叔老早去排队，好不容易买到了票，也是为了看这个克鲁明去的。

那天晚上，表叔兴致勃勃地坐着叮当当的电车去了体育馆。我也很想看这场篮球赛，哪里像表叔有钱买票。只好等着表叔看完比赛回来，把比赛的情况讲给我听。没有想到，表叔很早就回来了，我见到他，特别奇怪，不会这么早比赛就结束了吧？

表叔一脸沮丧，很有些愤怒的样子，呜呜嘟嘟地对我说了一堆话："人太多，根本看不清……"他的话我听不大清，仔细听完，才明白了，原来他买的票是最后一排，离球场太远，好多前几排的人站起来看，一下子就挡住了他的视线，他看不清那个两米一八的中锋克鲁明，一气之下，索性不看球了，又坐着叮当当的电车，跑回了家。

好长时间过后，我才明白，表叔对我说的这番话，只说了一半，另一半是那天比赛，他是买了两张票，带着他新交的女朋友一起去的体育馆。好不容易找到一个不嫌弃他大舌头的，又和他一样喜欢篮球比赛的女人，不大容易。谁想到好不容易买到的两张票，却是最后一排的座位。是那女的觉得根本看不清克鲁明，一气之下，跑出了体育馆。表叔是为了追她，才跑出了体育馆的。

这是表叔吹掉的最后一个对象。从那以后，表叔下定决心，再不搞对象。他没有想到，自己的这个决心下得让阿婆折寿。就是从那以后，阿婆的身体越来越差，尽管表叔尽心照料，也难挽狂澜于既倒，没几年，阿婆就走了。

阿婆故去时，表叔已经五十多了。他照样每天雷打不动地擦车、擦身，只是那车再如何精心保养也已见旧。表叔赤裸的脊梁更见薄见瘦，骨架如车轮上的车条一样历历可数。好心的街坊都心疼表叔，觉得这么好的一个人，说什么也得帮他找上对象，不能就这么让他孤零零地下去了。不管表叔自己怎么再下决心不搞对象了，街坊们又开始了新一轮的努力。

只是，表叔的青春已经随阿婆一同逝去，难再追回。他不抱奢望，觉得爱情不过是小说和电视里的事，离他越来越遥远，只能说说、听听而已。但是，好心的街坊锲而不舍，更何况十个女人九个爱做媒，更何况好女人毕竟不只是小说和电视里有。女人的心最是莫测幽深，有眼眶子浅的，有重财轻貌的，有看文凭像当年看出身一样的……也有看重心地超越一切的。几年努力，街坊们没有白辛苦，终于修成正果，有一位四十多岁的女人看中了表叔，虽然是离过婚的，但人长得周正端庄，和表叔一样，也是个搞技术的工程师，应该有共同语言。

表叔却坚决拒绝。起初，谁也猜不透，有说表叔二分钱小葱还拿上一把了，也有说一准是女人伤透了表叔的心。一直到前些年，表叔突然魂归九泉，追寻阿婆而去，人们才明白，表叔那时已经知道自己身患癌症。

表叔留下许多东西无人继承，其中最醒目的是那辆自行车，干干净净，锃光瓦亮。

阳光的三种用法

　　童年住在大院里，都是一些引车卖浆者之流，生活不大富裕，日子各有各的过法。

　　冬天，屋子里冷，特别是晚上睡觉的时候，被窝里冰凉如铁，家里那时连个暖水袋都没有。母亲有主意，中午的时候，她把被子抱到院子里，晾到太阳底下。其实，这样的法子很古老，几乎各家都会这样做。有意思的是，母亲把被子从绳子上取下来，抱回屋里，赶紧就把被子叠好，铺成被窝状，留着晚上睡觉时我好钻进去，被子里就是暖乎乎的了，连被套的棉花味道都烤了出来，很香的感觉。母亲对我说："我这是把老阳儿叠起来了。"母亲一直用老家话，把太阳叫老阳儿。"阳儿"读成"爷儿"音。

　　从母亲那里，我总能听到好多新词。把老阳儿叠起来，让我觉得新鲜。太阳也可以如卷尺或纸或布一样，能够折叠自如吗？在母亲那里，可以。阳光便能够从中午最热烈的时候，一直储存到晚上我钻进被窝里，温暖的气息和味道，让我感觉到阳光的另一种形态，如同母亲大手的抚摸，比暖水袋温馨许多。

街坊毕大妈，靠摆烟摊养活一家老小。她家门口有一口半人多高的大水缸。冬天用它来储存大白菜，夏天到来的时候，每天中午，她都要接满一缸自来水，骄阳似火，毒辣辣的照到下午，晒得缸里的水都有些烫手了。水能够溶解糖、溶解盐，水还能够溶解阳光，大概是童年时候我最大的发现了。溶解糖的水变甜，溶解盐的水变咸，溶解了阳光的水变暖，变得犹如母亲温暖的怀抱。

毕大妈的孩子多，黄昏，她家的孩子放学了，毕大妈把孩子们都叫过来，一个个排队洗澡，毕大妈用盆舀的就是缸里的水，正温乎，孩子们连玩带洗，大呼小叫，噼里啪啦的，溅起一盆的水花，个个演出一场哪吒闹海。那时候，各家都没有现在普及的热水器，洗澡一般都是用火烧热水，像毕大妈这样法子洗澡，在我们大院是独一份。母亲对我说："看人家毕大妈，把老阳儿煮在水里面了！"

我得佩服母亲用词的准确和生动，一个"煮"字，让太阳成为我们居家过日子必备的一种物件，柴米油盐酱醋茶，这开门七件事之后，还得加上一件，即母亲说的老阳儿。

真的，谁家都离不开柴米油盐酱醋茶，但是，谁家又离得开老阳儿呢？虽说如同清风朗月不用一文钱一样，老阳儿也不用花一分钱，对所有人都大方而且一视同仁，而柴米油盐酱醋茶却样样都得花钱买才行。但是，如母亲和毕大妈这样将阳光派上如此用法的人家，也不多。它们需要一点智慧和温暖的心，更需要在艰苦日子里磨炼出的一点本事，这叫作少花钱能办事，不花钱也能办事，阳光才能成为居家过日子的一把好手，陪伴着母亲和毕大妈一起，让那些庸常而艰辛的琐碎日子变得有滋有味。

对于阳光，大人有大人的用法，我们小孩子也有小孩子的用法。我家的邻居唐家的男主人是个工程师，他家有个孩子，比我大两岁，很聪明，喜欢招猫逗狗，总爱别出心裁玩花活儿。有一次，他拿出他爸爸用的一个放大镜，招呼我过去看。放大镜我在学校里看见过，不知他拿它玩什么新花样。我走了过去，他在放大镜底下放一张白纸，用放大镜对着太阳，不一会儿，纸一点点变热、变焦，最后居然烧着了起来，腾地蹿起了火苗，旋风一般把整张白纸烧成灰烬。

又有一次，他拿着放大镜，撅着屁股，蹲在地上，对准一只蚂蚁，追着蚂蚁跑，一直等到太阳透过放大镜把那只蚂蚁照晕，爬不动，最后烧死为止。母亲看见了这一幕，回家对我说："老唐家这孩子心怎么这么狠，小蚂蚁招他惹他了，这不是拿老阳儿当成火了吗？你以后少和他玩！"

有一部电影叫作《女人比男人更凶残》。有时候，小孩比大人更心狠，小孩子家并不都是天真可爱。

憋老头儿

　　我住的大院很老了，据说前清时就有了。建大院的，是一个进京赶考没有考上进士，后来当了商人的人。我家搬进住的时候，大院早已经破败，但三进三出的院落还在，前出廊、后出厦，大影壁、高碑石，月亮门、藤萝架，虽然都残破了，也还都在，可以想象前清建造它时的香火鼎盛。院子大是大，唯一的缺点，就是只有一个公共厕所。当初，人家就是一家人住，一个厕所够用了，谁想后来陆续搬进来那么多人，当然就显得紧张了。全院二十多户人家老老少少，一般都得到那里方便，一早一晚，要是赶上人多，着急的人就只好跑到大街上的公共厕所。

　　厕所只有两个蹲坑，但外面有一条过道，很宽阔，显示出当年的气派来。走过一溜足有七八米长的过道，然后有一扇木门，里面带插销，谁进去谁就把插销插上。我们孩子中常常有嘎小子，在每天早上厕所最忙的时候，跑进去占据了位置，故意不出来，让那些敲着木门的大爷干着急没辙。我们管这个游戏叫作"憋老头儿"，这是我们童年一个最能够找到乐子的游戏。

厕所过道的那一面涂成青灰色的山墙，则成为我们孩子的黑板报，大家在"憋老头儿"的时候，用粉笔或石块往上面信笔涂鸦。通常是画一个长着几根头发的人头，或是一个探出脑袋的乌龟，然后在旁边歪歪扭扭地写上几个大字：某某某，大坏蛋；或某某某，喜欢谁谁谁之类。自然，前者的某某某是个男孩子，后者的谁谁谁是女生。当这个某某某的男孩子上厕所时，一眼看见了墙上的字和画，猜想出是谁写谁画的后，就会把某某某几个字涂掉，再写上一个新的某某某，要是一时猜不出是谁写的，就在旁边写上：谁写的谁是王八蛋！

大院的孩子，无形中分成了两派：一派是以九子为首的一大帮，一派则是孤零零的大华一个人。大华那时确实很孤立，除了我还能和他说几句话之外，没有一个孩子理他。当然，其中也有怕九子的因素在内，想略微表示一下同情也就不敢了。九子的一头明显占了绝对的上风，弄得大华抬不起头，惹不起，就尽量躲着他们。

九子的领袖的地位似乎是天生形成的，也可以说是九子就有这个天分。孩子自然而然地围着他，他说什么，大家都信服，也照着办。他的一个眼神、一个手势、一个口哨，就能够把全院的孩子们，都像招鸟一样招过来。

　　大华倒霉就倒霉在他是个私生子，他是前两年和他姑姑一起才搬进我们大院里来的。他一直跟着他姑姑过，他的妈妈在外地，偶尔会来北京看看他，但谁都没有见过他爸爸，他自己见过没见过，谁也不清楚，我曾经想问他的，但最后还是没敢问。

　　九子领着一帮孩子，都不跟大华玩，还把当时我们在学校里唱的《我是一个黑孩子》的歌词"我是一个黑孩子，我的家在撒哈拉沙漠以南的非洲"给改了："我是一个黑孩子，我的家不知在何处……"故意唱给大华听。一遍一遍地反复地唱，一直唱到大人们听见了，出来干涉，把九子他们骂走。

　　九子住在前院一间东房里，那是我们大院里最次的房，有道是有钱不住东南房。

　　大华住在后院三间坐南朝北的大瓦房里，是我们大院最好的房，当年建大院的那个商人一家的主人就住在那里。

　　那时，九子和大华比我高两年级，都上小学五年级，却成了不共戴天的仇人。我夹在他们中间，成了三明治一样的难受。我既不想得罪九子，对大华也很同情。

九子他们决心要把大华搞臭到底，九子要占领舆论阵地，厕所的那面墙成了最好的地方。首先，九子招呼着他的那些小喽啰，把平常"憋老头儿"的功夫用到了大华身上，每逢大华要上厕所时，十有八九被憋。好不容易进去了，一面山墙上写满的都是：滕大华是一个黑孩子，滕大华没妈又没爸……这样的话。气得大华擦了一遍，墙上很快又出现同样的内容。

大华只好不再上大院里的厕所，宁可跑到大街上去上公共厕所。每一次，大华都要拽上我，陪他一起跑到大街上的公共厕所。那时他把我当成他唯一的朋友。他是个私生子，我有个后妈，我们两个人同病相怜，自然成为朋友。

那个公共厕所离我们大院很远，我们得跑一两百米，每次都像是冲刺似的，你追我赶的，迎风呼呼直叫，特别的来劲，在大街上很惹人眼目，以为我们是在练跑步，或者是在抽风。这时候，大华总是显得很高兴，忘记了一切的不愉快。

有一天下午放学，刚刚走出学校的门口，我看见九子突然一面墙似的横在我的面前。他一步走近我，鼻子尖都快顶住了我的鼻子尖，眼光很凶地死死地盯着我。他是特地在这里憋住了我，我知道他要干什么，一定是要我不能再理大华。

果然，他把这话说出了口。

"听见了吗？"

我没有说话。

他又问了我一遍："你聋了怎么着？问你话呢，听见没有？"然后，他挥挥拳头："你想尝尝'栗子暴'怎么着？"

我怕他，只好点了点头。

"不行，点头不算，你必须说话答应！你又不是哑巴。"

许多学生都围了上来，好多是九子他们班上的，是他的同伙。我只好答应了。

答应了，是答应了，心里总觉得有些对不起大华，也恨九子太霸道。当大华找我时，我还是和大华在一起。看到大华孤零零一个人在大院里徘徊，总觉得自己也很孤独，和大华有一种惺惺相惜的感情。

大院里的孩子开始不再和我玩了，见了我，就远远地走开。他们在一起玩，比如玩官兵捉匪或老鹰捉小鸡的游戏或者斗蛐蛐时，故意把我闪在一边，成心对着我大呼小叫，向我示威。我知道，是九子的主意，他们把我和大华彻底孤立起来。

就在这时候，大院厕所的那面山墙上出现新的内容，画着两个小孩的头，一个高，一个低，一个圆，一个方，歪歪扭扭地在一边写着上下两行大字：肖复兴没妈、滕大华没爸，肖复兴和滕大华是一丘之貉（这是九子在语文课本里新学的成语）！

这事把我惹火了，一种从来没有的自尊心被伤害的感觉，让我燃起复仇的火焰。那天晚上，我找到大华，问他："你看见厕所墙上的东西了吗？"

他点点头。

我说："欺人太甚了！"

他又点点头。

我说："咱们得报仇，你说对不对？"

他接着点点头，然后问我："怎么报？"

我说："首先要捉贼捉赃，捉到写的人，跟他没完。"

于是，每天在上学前的早晨和放学后的晚上，我和大华分工合作，分别盯着去厕所的所有孩子。有时候，我们两个人索性藏在厕所里，希望能够看到他们动手往墙上瞎写瞎画的时候，一把抓住他们的手。他们似乎知道了自己的身后落有我们的目光，都有些收敛，以至我们一连好多天都一无所获。

那天早晨，九子的爸爸上厕所，厕所的木门关着，老爷子刚要走，听见里面有人在说话，是九子的声音，隔着门缝一看，看见九子正在往墙上瞎写呢，气得老爷子一脚踹开门，上前扭住他的胳膊，在厕所里就把他臭揍一顿，算是替我们报了仇。

从此，厕所黑板报的内容才有了更改。

九子和大华都上了中学以后，对到厕所玩"憋老头儿"的游戏越来越失去了兴趣，都觉得有些太小儿科了吧。于是，那块阵地便让位给了新起来的一帮子小孩了。

被雨打湿的杜甫

初三那一年的暑假，我们都是十五岁的少年。那一年的暑假，雨下得格外勤。哪儿也去不了，只好窝在家里，望着窗外发呆，看着大雨如注，顺房檐倾泻如瀑；或看着小雨淅沥，在院子的地上溅起像鱼嘴里吐出细细的水泡。

那时候，我最盼望的就是雨赶紧停下来，我就可以出去找朋友玩。当然，这个朋友，指的是她。那时候，她住在我们大院斜对门的另一座大院里，走不了几步就到，但是，雨阻隔了我们。冒着大雨出现在一个不是自己的大院里，找一个女孩子，总是招人耳目的。尤其是她那个大院，住的全是军人或干部的人家，和住着贫民人家的我们大院相比，是两个阶层。在旁人看来，我和她，像是童话里说的公主与贫儿。

那时候，我真的不如她的胆子大。整个暑假，她常常跑到我们院子里找我。在我家窄小的桌前，一聊聊上半天，海阔天空，什么都聊。那时候，她喜欢物理，她梦想当一个科学家。我爱上文学，梦想当一个作家。我们聊得最多的，是物理和文学，是居里夫人，是契诃夫与冰心。显然，我的文学常会战胜她的物理。我常会对她讲起我刚刚读过的小说，朗读我新看的诗歌，看到她睁大眼睛望着我，专心地听我讲话的时候，我特别的自以为是，扬扬自得，常常会在这种时刻舒展一下腰身。

不知什么时候，屋子里光线变暗，父亲或母亲将灯点亮。黄昏到了，她才会离开我家。我起身送她，因为我家住在大院最里面，一路逶迤要走过一条长长的甬道，几乎所有人家的窗前都会趴有人头的影子，好奇地望着我们两个人，那眼光芒刺般落在我们的身上。我和她都会低着头，把脚步加快，可那甬道却显得像是几何题上加长的延长线。我害怕那样的时刻，又渴望那样的时刻。落在身上的目光，既像芒刺，也像花开。

雨下得由大变小的时候，我常常会产生一种幻想：她撑着一把雨伞，突然走进我们大院，走过那条长长的甬道，走到我家的窗前。那种幻觉，就像刚刚读过的戴望舒的《雨巷》，她就是那个紫丁香的姑娘。少年的心思，是多么的可笑，又是多么的美好。

下雨之前，她刚从我这里拿走一本长篇小说《晋阳秋》。现在，我已经完全忘记了这本书是谁写的，写的内容又是什么了。但是，我清楚地记得，是《晋阳秋》。《晋阳秋》是那个雨季里出现的意外信使，是那个从少年到青春季里灵光一闪的象征物。

　　这场一连下了好几天的雨，终于停了。蜗牛和太阳一起出来，爬上我们大院的墙头。她却没有出现在我们大院里。我想，可能还要等一天吧，女孩子矜持。可是，等了两天，她还没有来。我想，可能还要再等几天吧，《晋阳秋》这本书挺厚的，她还没有看完。可是，又等了好几天，她还是没有来。

　　我有些着急了。倒不仅仅是《晋阳秋》是我借来的，该到了还人家的时候。而是，为什么这么多天过去了，她还没有出现在我们大院里？雨，早停了。

　　我很想找她，几次走到她家大院的大门前，又止住了脚步。浅薄的自尊心和虚荣心，比雨还要厉害地阻止了我的脚步。我生自己的气，也生她的气，甚至小心眼儿地觉得，我们的友谊可能到这里就结束了。

　　直到暑假快要结束的前一天的下午，她才出现在我的家里。那天，天又下起了雨，不大，如丝似缕，却很密，没有一点停的意思。她撑着一把伞，走到我家的门前。那时，我正坐在我家门前的马扎上，就着外面的光亮，往笔记本上抄诗，没有想到会是她，这么多天对她的埋怨，立刻一扫而空。我站起来，看见她的手里拿着那本《晋阳秋》，伸出手要拿过来那本书，她却没有给我。这让我有些奇怪。她不好意思地对我说："真对不起，我把书弄湿了，你还能还给人家吗？这几天，我本想买一本新书的，可是，我到了好几家新华书店，都没有买到这本书。"

原来是这样，她一直不好意思来找我。是下雨天，她坐在家走廊前看这本书，不小心，书掉在地上，正好落在院子里的雨水里。书真的弄湿得挺狼狈的，书页湿了又干，都打了卷。

我拿过书，对她说："这你得受罚！"

她望着我问："怎么个罚法？"

我把手中的笔记本递给她，罚她帮我抄一首诗。

她笑了，坐在马扎上，问我抄什么诗，我回身递给她一本《杜甫诗选》，对她说就抄杜甫的，随便选。她说了句"我可没有你的字写得好看"，就开始在笔记本上抄诗。她抄的是《登高》。抄完了之后，她忙着站起来，笔记本掉在门外的地上，幸亏雨不大，只打湿了"无边落木萧萧下，不尽长江滚滚来"的那句。她不好意思地对我说："你看我，在同一个地方摔倒了两次。"

其实，我罚她抄诗，并不是一时的兴起。整个暑假，我都惦记着这个事，我很希望她在我的笔记本上抄下一首诗。那时候，我们没有通过信，我想留下她的字迹，留下一份纪念。那时候，小孩子的心思，就是这样的诡计多端。

读高中后，她住校，我和她开始通信，一直通到我们分别都去插队。字的留念，再不是诗的短短几行，而是如长长的流水，流过我们整个的青春岁月。只是，如今那些信已经散失，一个字都没有保存下来。倒是这个笔记本幸运存留到了现在。那首《登高》被雨打湿的痕迹清晰还在，好像五十多年的时间没有流逝，那个暑假的雨，依然扑打在我们的身上和杜甫的诗上。

泥斑马

　　我们大院的大门很敞亮，左右各有一个抱鼓石门墩，下有几级高台阶。两扇黑漆大门上，刻有一副对联"忠厚传家久，诗书继世长"。虽然斑驳脱落，但依然有点老一辈的气势。在老北京，这叫作广亮式大门，平常的时候不打开，旁边有一扇小门，人们从那里进出。高台阶上有一个平台，由于平常大门不开，平台显得宽敞。王大爷的小摊儿，就摆在那里，很是显眼，街上走动的人们，一眼就能够望见他的小摊儿。

　　王大爷的小摊儿，卖些糖块、酸枣面、洋画片、弹球、风车、泥玩具之类的东西。特别是泥玩具，大多是一些小猫、小狗、小羊、小老虎的小动物，都是王大爷自己捏出来的，然后再在上面涂上不同的颜色，非常好看，活灵活现，卖得不贵，很受我们小孩子欢迎。有时候，放学后，走到大院门口，我常是先不回家，站在王大爷的小摊儿前，看一会儿，玩一会儿，王大爷望着我笑，任我随便摸他的玩具，也不管我。如果赶上王大爷正在捏他的小泥玩具，我更会站在那里看不够地看，忘记了时间，回家晚了，挨家里一顿骂。

我真的佩服王大爷的手艺，他的手指很粗，怎么就能那么灵巧地捏出那么小的动物来呢？这是最令我感到神奇的事情。

王大爷，那时候五十岁出头，住在我家大院的东厢房里。他人很随和，逢人就笑，那时候，别看王大爷小摊儿上的东西很便宜，但小街上人们生活不富裕，买的人不多，王大爷赚的钱自然就不多，只能勉强生活。

王大爷老两口儿只有一个儿子，但是，大院里所有人都知道，儿子是抱来的。那时，他将近三十岁，还没有结婚，在铁路上当司机开火车。和王大爷两口子挤在一间东厢房里。小摊儿挣钱多少，王大爷倒不在意，让他头疼的是房子，儿子以后再找个媳妇，可怎么住呀？一提起这事，王大爷就嘬牙花子。

我读小学四年级的时候，之所以记得那么清楚，因为是"大跃进"那一年，全院的人家都不再在自家开伙，而是到大院对面的街道大食堂吃饭。那年春节前，放寒假，没有什么事情，我常到王大爷小摊儿前玩。那一天，我看他正在做玩具。他看见我走过来，抬起头问我："你说做一个什么好？"我随口说了句："做一只小马吧！"他点点头说好。没一会儿的工夫，泥巴在他的大手里，左捏一下，右捏一下，就捏成了一只小马的样子。然后，他抬起头又问我："你说上什么颜色好？"我随口又说了句："黑的！""黑的？"王大爷反问我一句，然后说，"一色儿黑，不好看，咱们来个黑白相间的吧，好不好？"那时候，我的脑子转弯儿不灵，没有细想，这个黑白相间的小马会是什么样子。等王大爷把颜色涂了一半，我才发现，原来是一只小斑马。黑白相间的弯弯条纹，就像真的能动换，让这只小斑马格外活泼漂亮。"王大爷，您的手艺真棒！"我情不自禁地赞扬着。

第二天，我在王大爷的小摊儿上，看见这只小斑马的漆干了，脖子上系一条红绸子，绸子上挂着个小铜铃铛，风一吹，铃铛不住地响，小斑马就像活了一样。

我太喜欢那只小斑马了。每次路过小摊都会忍不住站住脚，反复地看，好像它也在看我。那一阵子，我满脑子都是这个小斑马，只可惜没有钱买。几次想张嘴跟家人要钱，一想小斑马的脖子上系着个小铜铃铛，比起一般的泥玩具，价钱稍微多了点，便把冒到嗓子眼儿的话又咽了下去。

春节一天天近了，小斑马虽然暂时还站在王大爷的小摊儿上，但不知哪一天就会被哪个幸运的孩子买走，带回家过年的。一想起这事，我心里就很难过，好像小斑马是我的，但会被别人突然抢去一样，就像百爪挠心一样难受。在这样的心理下，我干了一件蠢事。

　　那一天，天快黑了，因为临近过年了，小摊儿前站着不少人，都是大人带着孩子来买玩具的。我趁着天暗，伸手一把就把小斑马偷走了。飞快地把小斑马揣进棉衣口袋里，小铃铛轻轻地响了一下，我的心在不停地跳，觉得那铃声王大爷好像听见了。

　　这件事很快被爸爸发现了。他让我把小斑马给王大爷送回去。跟在爸爸的后面，我很怕，头都不敢抬起来。王大爷爱怜地看着我，坚持要把小斑马送给我。爸爸坚决不答应，说这样会惯坏了孩子。最后，王大爷只好收回小斑马，还嘱咐爸爸："千万别打孩子，过年打孩子，孩子一年都会不高兴的！"

　　就在这一年的夏天，王大爷要去甘肃。那一年，为了疏散北京人口，也为了支援三线建设，为了"大跃进"，政府动员人们去甘肃。王大爷报了名，很快就批准了。大院所有的街坊都清楚，王大爷这么做，是为了给儿子腾房子。

　　王大爷最后一天收摊儿的时候，我站在一边，默默地看着他。他看看我，什么话也没说，收摊儿回家了。那一天，小街上显得冷冷清清的。

第二天，王大爷走时，我没能看到他。放学回家的时候，看到桌上那只脖子上挂着铜铃铛的小斑马，我的眼泪一下子涌了出来。

六十多年过去了，王大爷的儿子，今年已经八十多了，他在王大爷留给他的那间东厢房里结的婚，生的孩子。他的媳妇个子很高，长得很漂亮。他的儿子个子也很高，很漂亮。可是，王大爷再也没有回来过一次。难道他不想他的儿子，不想他的孙子吗？

这么多年来，我多次去过甘肃，走过甘肃的好多地方，每一次去，都会想起王大爷。想起这个让我百思不得其解的问题。当然，也会想起那只泥斑马。

尽管过去了那么多年，我还会常常想起王大爷和他留给我的那只泥斑马。我写了一本儿童小说《春雪》，我让王大爷的儿子娶了带着一个上初二女儿的离婚女。我让这个懂事的初二小女孩，知道了王大爷是为了给儿子结婚腾房子而走的事情后，暑假里，不辞长途跋涉，找到了王大爷，把老人家接回家。这是我多年以来一直存在心底的愿望。现实生活中实现不了，就让它在小说里实现吧。

花布和苹果

　　开会时随手翻邻座带的一本书，看见有一首题名为《一块花布》的短诗，作者叫代薇，诗写得很有意思。她说如果你爱上一块花布，"还必须爱上日后：它褪掉的颜色，撕碎的声音。花布的一生，除了洗净和晾干，还有左边的灰尘，右边的抹布"。

　　我明白，花布就是人，而且应该是女人。花布颜色鲜艳的时候，正是女人沉鱼落雁、闭月羞花的最佳状态，一般容易讨得男人的爱。但当花布的颜色褪尽，在日复一日、一次次地洗净晾干之后，最后落满灰尘，变成抹布的时候，男人还能不能坚持最初的爱，就难说了。随手把抹布抛进垃圾箱，然后另寻一块新的花布，是如今一些男人司空见惯的选择。

　　我想起童年住过的大院里，曾经有一对夫妇，男的是一位工程师，女的是一位中学老师。他们刚刚搬进大院来的时候，也就三十来岁，我还没有上小学，虽然懵懵懂懂不大懂事，但从全院街坊们齐刷刷惊艳的眼神中，看得出来女教师非常漂亮，男工程师英俊潇洒，属于那种天设一对地造一双的绝配，每天蝶双飞一样出入我们的大院，成为全院家长教育自己子女选择对象的课本。

那时候，最让全院街坊们羡慕而且叹为观止的是，女教师非常爱吃苹果。爱吃苹果并不是什么新奇的事，苹果谁不爱吃呀？关键是每次女教师吃苹果的时候，男工程师都要坐在她的旁边亲自为她削苹果皮。削苹果皮，也不是什么新鲜的事，关键是每次削下的苹果皮，都是完完全全地连在一起，弯弯曲曲地从苹果上一圈圈地垂落下来，像是飘曳着一条长长的红丝带。

这确实让街坊们惊讶。不仅惊讶男工程师削苹果皮的水平，也惊讶他有这样恒久的坚持，只要是削苹果，一定会出现这样红红的苹果皮长长不断的奇迹。每一次，街坊们从宽敞明亮的玻璃窗前看到这温馨的一幕时，总能够看到女的眼睛不是望着苹果，而是望着丈夫，静静地等待着，仿佛那是一场精彩的演出，最好总不落幕才好。街坊们总会说，这样漂亮的女人，就应该享受这样待遇。

我中学毕业的时候，这一对夫妇五十多岁了。那一年开春的时候，倒春寒，突然下了一场雪，雪后的街道上结了冰，女教师骑车到学校上课，为躲一辆公共汽车，摔倒在冰面上，左腿摔断了骨头。一个来月以后，从医院里出来，腿上还打着石膏。是男工程师抱着她走进我们的大院，我们的大院很深，一路上，他们的身上便落有一院人的目光，和男工程师脸上淌满的汗珠一起闪闪发光。

那一年的夏天，她的腿还没有完全好，每天再看到她的时候，都是丈夫搀扶着她出出进进。她一下子苍老得那样的厉害，当年漂亮的模样仿佛被风吹尽，再也看不出来了。

他们夫妇有两个孩子，都和我一样前后脚到农村插队，等他们和我一样从农村插队回到北京的时候，他们夫妇已经是快七十的人了。那时，她已经患上了肝癌，她和她的那两个孩子都还不知道，知道的只有她的丈夫。

那时候，北京城里的苹果只有到秋天苹果上市时才能够买到。而且，那时也没有现在红星、富士或美国蛇果那样多的品种，只有国光和红香蕉。每年秋天苹果上市的时候，我们常常看到她家玻璃窗前那熟悉的一幕，男工程师为她削苹果，她瘦削得有些脱形，还是如以前那样静静地坐在旁边，望着自己的丈夫。只有这一幕重复的场景，仿佛时光倒流，让街坊们又能够想起当年她那年轻漂亮的模样。可谁知道她已经是病入膏肓的人了呢？

细心的街坊看出，男工程师削的苹果，一定是红香蕉，这没什么可奇怪的，这种苹果比国光的个儿大，颜色红，口感也甜，而且果肉比较绵软，适合老年人的牙口。男的手已经有些颤抖，这也没有什么可奇怪的，这是人老的原因。让人们奇怪的是，这么多年过去了，男的一直坚持给女的削苹果，更让人们奇怪的是，削下的苹果皮居然还是完完全全地连在一起，弯弯曲曲地从苹果上一圈圈地垂落下来，像是飘曳着一条长长的红丝带。

女教师走得很安详，按照我国传统讲究的五福，即寿、富、康、德和善终，她的一生虽然算不上富贵、健康，也说不上长寿，却是占了德和善终两样，应该算是有福之人。

送葬的那天，她以前在中学里曾经教过的很多学生来到她家里，向她的遗照鞠躬致哀，有的学生甚至掉了眼泪。

那天，我也去了她家，看见她的遗照前摆着两盘苹果，每盘四个，每个都削了皮，那皮都还是完完全全地连在一起，摆放在苹果的旁边，垂落下来，像是飘曳着一道道挽联。

因为读到了《一块花布》这首诗，让我想起了这段往事。

花布的一生，有簇新鲜艳的时候，也有颜色褪尽和声音撕碎的时候，也有在日常琐碎的日子里一次次地洗净晾干之后，最后落满灰尘，变成抹布的时候。爱上花布是容易的，始终如一爱花布的一生，如同始终如一能够为自己的爱人削苹果，而且把苹果皮削得一直都完完全全地连在一起，是不容易的。

想起这样的苹果，对照着《一块花布》这首诗，让我感到，对于爱情和人生，花布从鲜艳的布料到抹布的一生，如果像是散文，象征着现实主义的话；那么，苹果始终如一能够将皮削成一条长长不断线的红丝带，则像是诗，象征着浪漫主义了。我们需要向花布示爱，更需要向苹果致敬。

玻璃糖纸

小洁是个很小的小姑娘，也就五六岁的样子。她的爸爸妈妈都在部队上，离北京很远的边疆，一年只能回家探亲一次。小洁一直住在我们大院里她奶奶家。那时候，我们大院的小孩子，没有送幼儿园的，都是老人带。小洁的奶奶忙得很，家里的孩子多，光给一家人做饭，就够老太太忙乎的。小洁太小，和我们这些就要上中学的大孩子玩不到一起，她只好常常一个人玩，显得很寂寞。

小洁的奶奶家和我家是邻居。她奶奶忙乎的时候，如果看到我正好在家，有时她会溜到我家里来，找我玩。可是，我能和她玩什么呢？我家里没有任何玩具，我只能给她讲故事。故事讲腻了，就丢给她一本小人书，或者好多年前我看过的儿童画报《小朋友》，让她自己一个人玩会儿。

有一天，小洁拿着好几张不同颜色的玻璃糖纸找我玩。

她把糖纸都塞到我的手里，对我说："你把玻璃糖纸放在你的眼睛上看太阳，能看到不同颜色的太阳！"

我用糖纸遮住一只眼睛，然后闭上一只眼睛，对着太阳看，还真的是看到了不同颜色的太阳，黄色的玻璃糖纸中的太阳就是黄色的，绿色的玻璃糖纸中的太阳就是绿色的，蓝色的玻璃糖纸中的太阳就是蓝色的……

"好玩吧？"小洁问我。

我知道，她是想和我一起玩，才想出了这样一个办法。我对她说："你怎么想起了这么个法子来玩的呢？"

她告诉我："我有好多这样的糖纸呢！晚上，我睡不着，用这些糖纸对着灯光看，灯光的颜色也就不一样了！对着我奶奶看，我奶奶的颜色也不一样了呢！"

"是吗？你真聪明！"我夸奖她。这样的玻璃糖纸，只有包装那些高级奶糖、太妃糖、咖啡糖、夹心糖的糖块儿才会有。一般人家，不会买这样贵的糖，像我家，只有在过年的时候，爸爸才会买一些便宜的硬块儿的水果糖，这种水果糖不会用这样透明的玻璃纸包，只用一般的糖纸而已。

小洁听我夸奖了她，高兴地对我说："我把我的糖纸拿来给你瞧瞧吧！"说着她就跑回家，不一会儿，抱着一个大本子，又跑了回来，把本子递给我。

是一本精装的硬壳书，书名叫《祖国颂》。记得很清楚，是1959年中国青年出版社出版的一本书，那一年，我上小学五年级，正好建国十周年大庆。

　　打开书一看，是本诗集，里面全都是一首首现代诗。扉页上，歪歪扭扭地写着她爸爸妈妈和爷爷奶奶的名字，最后一行特别写着：这些字都是梁洁写的。我夸奖她说字写得真好，她高兴地笑了，让我赶紧往后翻书。我翻开一看，书里面好多页之间夹着一张或两张玻璃糖纸，都快把整本书夹满。每张糖纸的颜色和图案都不一样，花团锦簇的，非常好看。我认真地一页一页地翻，一页一页地看，从头看到尾。

　　那时候，姐姐常来信，信封上贴着花花绿绿的邮票，我刚开始积攒邮票，我只知道集邮，还没有听说集糖纸的。我禁不住接着夸小洁："你真够棒的，攒了这么多的糖纸！真好看！你怎么一下子攒了这么多糖纸呀？"

　　她告诉我，爸爸妈妈每一次回家看她，都会给她买好多的奶糖，探亲假结束，爸爸妈妈回部队了，奶奶怕吃糖吃坏了牙，只许她一天吃一颗奶糖，她一颗颗吃着奶糖，一天天数着日子，盼望着爸爸妈妈再回来看她。开始是奶奶帮助她把每天吃完奶糖扔的糖纸，随手夹在她爸爸读过的这本诗集里，夹的糖纸多了，她觉得挺好看的，自己就开始积攒起糖纸，糖纸越来越多，把这本书都给撑得鼓胀了起来。

"每次我爸爸妈妈回来，我都让他们给我买不一样的奶糖，我的玻璃糖纸就更多更好看了！"小洁看我这么欣赏她的糖纸，非常高兴地对我说。

其实，我不光是看她攒的这些漂亮的糖纸，更是看每一页上面的诗，那时候，我已经看了很多文学方面的书，喜欢看诗。虽然密麻麻的诗句看不全，但每一首的作者是看到的，记住了有田间、徐迟、袁鹰、艾青、郭小川、公刘、贺敬之、张志民、李学鳌……大多是我听说过的诗人，却还没有看过他们的诗，我真想看看这些诗，便对小洁说："你能把这本书借我看两天吗？"

她立刻点头说："行！"

这本《祖国颂》，我从头到尾仔细看了一遍，还抄了好多首诗。这是我第一次读到这么多诗人写的关于祖国的诗歌。我把书还给小洁，谢了她，她扬着小脸，很奇怪地问："谢什么呀？"

她还会常拿着玻璃糖纸找我玩，不过，不再玩玻璃糖纸遮住眼睛看太阳的把戏了，而是教我怎么把一张玻璃糖纸折成一个小人、一只小鸟。她的手指很灵巧，不一会儿的工夫，就能折成一个小人、一只小鸟，是穿着裙子跳舞的小姑娘，是张开翅膀会飞的小鸟。说是教我，其实，是在表演给我看呢。

我问她："你可真行！谁教你的呀？"

她告诉我，是她奶奶。

我读初二的时候，小洁的爸爸妈妈从部队转业回到北京，把小洁接走了。那一年，小洁要上小学一年级了。临走的前一天晚上，小洁跑到我家找我，手里拿着那本夹满玻璃糖纸的《祖国颂》，说是送给我了！我很意外，这本书里，积攒着她的糖纸，也积攒着她的童年。我自己集邮，集了一本的邮票，可不舍得给人，她却那么大方地把这一整本糖纸送给了我，我连忙推辞。她却很坚决："我爸爸妈妈总给我买奶糖，我的玻璃糖纸多得是！再说，我知道，你喜欢这本书里的诗。"

我再也没有见到过小洁。每一次看到这本《祖国颂》，我都会想起她。

绉纱馄饨

北京普通人家，一般爱吃饺子，以前很少吃馄饨。我第一次吃馄饨，是上初中之后，和同学一起在珠市口路北一家饭馆里，饭馆紧靠着清华浴池，对面是开明老戏园，那时改名叫作珠市口电影院。我们就是晚上看完电影，到这里每人吃了一碗馄饨。

这是家小店，夜宵专卖馄饨。比起饺子，馄饨皮很薄，但馅儿很少，觉得馄饨是样子货，还是馅儿大肉多的饺子吃起来更痛快。

这样的印象被打破，是吃到了我们大院里梁太太包的馄饨之后。梁太太一家是江苏人，梁太太包的馄饨，在我们大院是出了名的，我很小的时候，就听院里的街坊议论过梁太太的馄饨，说她做的馄饨皮，加了淀粉和鸡蛋，薄得如纸似纱，对着太阳或灯，能透亮。而且，馄饨皮捏出来的皱褶，呈花纹状，一个小小的馄饨，简直像一朵朵盛开的花，不吃，光是看，就让人爽心悦目，像艺术品。

梁太太自己说，这种馄饨，在她家乡几乎每个人家都会包，人们称作绉纱馄饨。我从来没有见过梁太太包的这样精美绝伦的馄饨，都是听街坊们这样说，只有想象而已。心里想，梁家有钱，自然吃的要比一般人家讲究得多。

那时候，梁太太很年轻，她的女儿只有四五岁，比我小两岁。梁先生在银行上班，梁太太不工作，在家里相夫教女。据说，梁先生最爱吃馄饨，所以梁太太才常常要包馄饨。特别是梁先生加夜班的时候，梁太太的馄饨更是必不可少。每次梁先生吃馄饨的时候，她女儿也要跟着吃，也爱吃得不得了。绉纱馄饨，成了她家经常上演的精彩保留节目。

读高一的秋天，下乡劳动，突然拉稀不止，高烧不退，同学赶着一辆驴车，连夜把我从郊区乡间送回北京。在医院里打完针吃了药，回到家之后，一连几天，烧还是不退，浑身虚弱，什么东西都吃不下去，没有一点胃口。母亲吓坏了，和街坊们说，想求得什么法子，可以让我吃下东西。"人是铁饭是钢，不吃东西，这病怎么好啊！"母亲念叨着。街坊们好心出了好多主意。

这天晚上，梁太太来到我家，手里端着一个小钢精锅，打开一看，满满一锅馄饨。梁太太对母亲说："给孩子尝尝，我特意在汤里点了些醋，加了几片西红柿，开胃的，看看孩子能不能吃一些？"

母亲谢过梁太太，转身找大碗，想把馄饨倒进碗里，好把钢精锅还给梁太太。梁太太摆手说："不急，不急，来回一折腾，凉了就不好吃了。"说着，轻轻转身离去。

母亲用一个小碗盛了几个馄饨，舀了一些汤，递给我。我迷迷糊糊地吃了一个，别说，还真的很好吃，坦率地说，比母亲包的饺子要好吃，馅儿里有虾仁，是吃得出来的，还有什么东西，我就不懂了。总之，很鲜，很香。我喝了一口汤，更鲜，里面不仅放了醋，还有白胡椒粉，真的特别开胃，竟然让我几口就把这碗汤都喝光了。

母亲很高兴，端来锅，又给我盛了一碗。我望了一眼锅里，西红柿的红、紫菜的紫、香菜的绿、汤的白，再加上皮薄如纸、皱褶似花的馄饨里肉馅儿的粉嘟嘟颜色，交错在一起，好看得像一幅水墨画，是满盘饺子没有的色彩和模样。

病好之后，还在想梁太太的馄饨，不禁笑自己馋。心想，绉纱馄饨，这个名字取得真是好听。母亲包的饺子，有时也会在饺子皮捏出一圈圈的小皱褶，我们给它们取名叫作花边饺子，或麦穗饺子，总觉得都没有绉纱馄饨好听。

那时候，梁太太不到四十岁，显得很年轻。她女儿刚上初二，虽然和我不在同一所学校，毕竟在大院里一起长大，彼此朋友一样很熟悉。现在想想，有些遗憾的是，再也没有吃过梁太太的绉纱馄饨。

1968年夏天，我去北大荒。冬天，梁太太的女儿到山西插队，和我家只剩下了老两口儿一样，她家也剩下了梁太太和梁先生相依为命。

六年过后，我从北大荒调回北京当老师，是大院里插队那一拨孩子里最早回来的。梁太太见到我，很羡慕。我知道，她女儿还在山西农村，自然希望也能早点儿回来。

回北京一年半之后，我搬家离开大院，临别前一天下午，我去看望梁太太，发现她苍老了许多。算一算，那时候，她应该才五十来岁。我去主要是安慰她，知青返城的大潮已经开始了，她女儿回北京是早晚的事。她坐在那里，痴呆呆地望着我，半天没有说话。我要出门的时候，她才忽然站起来对我说："晚上到我家吃晚饭吧，我给你包绉纱馄饨。"

晚上，她并没有包绉纱馄饨。

事过好几年之后，我听老街坊对我讲，那时候，她女儿已经在山西嫁给当地农民两年多了。

卷二

校园时光

有些人、有些事，尽管结识和经过的时间都不长，却刻进了记忆和生命的年轮里。

白发苍苍

小学四年级，多了一门作文课。教我们这门课的是新班主任老师。我记得很清楚，他叫张文彬，大概四十多岁的样子，不过，也可能五十岁了，小孩子看大人的年龄，看不准的。张老师有着浓重的外地口音，我听不出来他究竟是哪里的人。他很严厉，又正是年富力强的时候，站在讲台桌前，挺直的腰板，梳一头黑黑的头发——他那头发虽然乌亮，却是蓬松着，一根根直戳戳地立着，总使我想起他给我们讲课讲解的"怒发冲冠"这个成语——我们学生都有些怕他。

第一次上作文课，他没有让我们马上写作文，带我们看了一场电影，是到长安街上的儿童电影院看的（如今这家电影院早已经化为灰烬，在包括它在内的这一片地方建起了一个非常大的商厦）。我到现在还记得，看的是《上甘岭》。

那时，儿童电影院刚建成不久，内外一新。我的票子是在楼上，一层层座位由低而高，像布在梯田上的小苗苗。电影一开始，身后放映室的小方洞里射出一道白光，从我的肩头擦过，像一道无声的瀑布。我真想伸出手抓一把，也想调皮地站起来，在银幕上露出个怪样的影子来。

尤其让我感到新鲜的是，每一排座椅下面，都安着一盏小灯，散发着柔和而有些幽暗的光，可以使迟到的小观众不必担心找不到座位。那一排排小灯，让我格外感兴趣，觉得特别的新鲜，以至看那场电影时我总是走神，忍不住低头看那一排排灯光，好像那里闪闪烁烁藏着什么秘密或什么好玩的东西。

第一次的作文，张老师让我们写的就是这次看电影，他说："你们怎么看的，怎么想的，就怎么写，你觉得什么有意思，什么最感兴趣，就写什么。"我把我所感受到的一切都写了，当然，我没有忘了写那一排排我认为有意思、最新鲜的灯光。

没想到，第二周作文课讲评时，张老师向全班同学朗读了我的这篇作文。虽然，几十年过去了，我还记得特别清楚，他特别表扬了我写的那一排排灯光，说我观察得仔细，写得有趣。他那浓重的外地口音，我听起来觉得是那样亲切。那作文所写的一切，我自己听起来也那么亲切，好像不是我自己写的，而是别人写的似的。童年的一颗幼稚好奇的心，让我第一次对作文产生了浓厚的兴趣。啊，原来自己写的文章，还有着这样的魅力！

张老师对这篇作文提出了表扬，也提出了意见，只是具体什么意见，我统统忘记了，虚荣心让我光记住表扬。但是，我记得从这之后，我迷上了作文，作文课成了我最喜欢最盼望上的一门课。而在作文讲评时，张老师常常要念我的作文。他常在课下对我说："多读一些课外书。"我觉得他那一头硬发也不那么"怒发冲冠"了，变得柔和了许多。

有时，一个孩子的爱好，就是这样简单地在瞬间形成的。一个人小时候，遇见一个好老师就是这样重要。老师的一句简单的表扬，对于一个孩子就是这样重要。

新年，我们全校师生在学校的小礼堂里联欢。小礼堂是原来的破庙的大殿改建的，倒是挺宽敞，新装的彩灯闪烁，气氛挺热闹的。每个班都要出节目，那天，我和同学一起演出的是话剧《枪》的片段。这是一出儿童团智斗日本鬼子的故事。演得正带劲的时候，礼堂的大门突然推开了，随着呼呼的冷风，走进来一个白胡子、白眉毛、白头发的老爷爷，穿着一件翻毛白羊皮袄，身上还背着一个白布袋……总之，给我的印象是一身白。走进门，他捋了捋白胡子，故意装出一副粗嗓门儿说道："孩子们，我是新年老人，我给你们送新年礼物来了！"同学们都欢呼起来了，他走到我们中间，把那个白布袋打开，倒出来一个个小纸包，递给每个同学一份。那里面装的是铅笔、橡皮、三角板，或是糖果。当我们拿着这些礼物止不住笑成一团的时候。新年老人一把摘掉他的白胡子、白眉毛和白头发，尤其是那一头白发，虽然是染的，但根根直戳戳竖立着，我立刻又想起"怒发冲冠"那个成语。哦，原来是我们的张老师！

第二年，他就不教我们了。他给我留下了这个白胡子、白眉毛和白头发的新年老人的印象。他给我一个现实生活中难得的童话！这种童话，只有在我小学四年级那种年龄才能获得，他恰当其时地给予了我。

老电话号码

记忆中的那个夏天，是那样的明亮而炎热。那是1959年的夏天，我十一岁，读小学五年级。暑假前最后一节体育课打篮球——刚刚上完，班主任徐老师站在操场边，叫着我的名字，招呼我过去。我跑了过去，看见他身边站着一个高个子的男人，正笑眯眯地望着我。他不是我们学校的老师，我没有见过他。看样子，比我们徐老师还要年轻，不到三十岁。

徐老师向我介绍他说："这是少体校的航模教练叶教练。叶教练到咱们学校选人，看中你了！"他对我说："我看你一节体育课了，也听了徐老师对你的介绍，愿不愿意到少体校跟我学航模？"

说老实话，那时候我根本不知道航模是什么，我不怎么想学这个航模。但徐老师对我说："学航模不仅要求身体好，学习成绩也好才行，航模是体育，也是科技。"然后，又补充一句："叶教练在咱们学校就选中你一个。"这话说得我把到嘴边的话咽了下去。

放暑假的第二天上午，按照叶教练说的地址，我去龙潭湖边上的体育馆里找他报到，就要正式开始我少体校航模队的训练了。非常巧，少体校篮球队也在那里招生，这才是我喜欢的呀。鬼使神差地，我去那里报了名，教练让我投了两个篮，又让我跑了一个三步跨篮，居然收下了我，当天就参加了训练。第一次在木地板的篮球场上打球的感觉，比我们学校的水泥地不知强到哪儿去了，便早把叶教练忘到了脑袋后面。

可惜的是，一个暑假下来，我被篮球队淘汰，教练认为我的个子以后不会长高。我再也没有去过体育馆，近在咫尺的少年体育生涯，仓促又苍白地结束了。

记得那样的清晰，是1963年的寒假刚过。那一年，我读初三。一天清晨上学的路上，我路过花市大街，进了那里的锦芳小吃店，想买个炸糕吃早点。为什么记得那么清楚，难道一定是炸糕，就不会是油饼吗？因为排队站在我前面的那个人买的也是炸糕。当然，如果是别人，我也不会记得那么清楚，他买好炸糕，回过头来，竟然望着我笑了笑。我开始没有认出他来，以为那笑只是出于礼貌。等我买好炸糕，准备出门的时候，看见他在门外等着我，对我说："不认识我了？我是叶教练呀！"我才想起来，是叶教练，忽然非常羞愧。快四年的时间过去了，我的个子长高了一头多，他居然还能一眼认出我来。而我四年前辜负了他的好意。那一刻，我真的怕他问起我那一年为什么没有找他参加航模队，更怕他说我可是看见你参加了篮球队的哟！

他没有对我提及往事，只是问我："现在在哪儿上中学？"我告诉他："我在汇文中学。"他说："是好学校，我就知道你差不了！"然后，问我："还想不想学航模了？"我垂下头，没敢回答。他接着说："还是跟我学航模吧！我觉得你一定是一个很不错的航模运动员！"说着，他从他的背包里掏出一支笔和一个本，在本上写了一个他的电话号码。他把那张纸从本子上撕下来，递给我说："这是我的电话，你如果想学了，可以随时给我打电话。"

我们就这样在小吃店门口分手了。我走得很匆忙，现在想想，有些像逃跑的意思。因为我从心里不怎么喜欢航模，我想我不会给他打这个电话了。我走了几步，回头一看，他还站在小吃店门口向我挥手。我心里想，他要是个篮球教练多好啊！

算一算，五十二年过去了。我再也没有见过叶教练。前些天，整理旧书和旧笔记本，从一个笔记本里竟然看到了这个老电话号码。纸已经发黄，那种只有那个年代才有的纯蓝墨水的笔迹也已经变淡。面对这个老电话号码，我心里五味杂陈，我知道，过去的一幕早已经如童话一般谢幕，那种充满着善意甚至纯真，和对一个十几岁孩子由衷期待的情感与心地，也早已经变淡甚至变色。

明明知道，这些年来电话号码早已经数位升级，变化得面目皆非，但我还是在电话机上按下了这个老号码。话筒里传来的只是忙音。如果是五十二年前，话筒里传来的一定是叶教练的声音。那一刻，我的眼睛里满是泪花。

谁能保留
六十六年前的贺年片

　　在新浪博客上偶然看到一篇文章，是汇文中学一位叫李守圣的学长回忆王瑷东老师。因为王老师也是我所敬重的中学老师，所以格外关注这则文章。李守圣是1954年考入汇文读初一，那一年，王老师二十四岁，刚刚当老师不久，青春芳华，热情满满。

　　文章中，写到这样一件事，给我印象很深，让我格外感动。这一年开学不久，王老师骑着她那辆"二八"男式自行车，串街走巷，到全班五十七个同学家中都进行了家访。这一年除夕前，王老师用她的工资买了五十七张贺年片，邮寄到每一个同学的家。

　　六十六年过去了。李守圣学长还保留着王老师寄给他的这张贺年片。上面写着"送给守圣同学"，还印着王老师的一枚红红的印章。显得那么正式，像大人送给大人的一件礼物。想如今我们不少老师都是大把大把地接受学生送来的贺年卡，以及比之更为贵重的礼物，不觉哑然，不知今夕何夕。

贺年片上面印着的是一幅年画：天下着霏霏细雨，一个男同学背着一个病着或是伤着的同学，走在泥泞的乡间山路上。背上的男同学手里打着伞，前面坡下的一个女同学，怕他们滑倒，伸着手在接应。这张年画，我小时候曾经见过，贴在很多人家中的墙上，是那个年代常见的风格，温暖的友情，写实的画风，铺满纸面氤氲温馨的调子，如舒缓的丝竹弦乐。

是的，我猜得出，王老师是想传递这样温暖的友情，音乐般荡漾在李守圣的心头。因为那时候十二岁的李守圣，全家五口人挤在一间只有九平方米的小屋里艰辛度日。王老师特意选了这张贺年片，是想告诉他，有来自同学和老师温暖的友情，会帮助他渡过生活拮据的难关。

让我感动的是，十二岁的李守圣敏感地感知到王老师的这份无言的感情。这张贺年片，便有了生命和情感的回响，经过王老师的手而带有了温热，像一朵花，从而在李守圣的手里盛开。而且，奇迹般，这朵花竟然一直开放了六十六年而没有凋零。

在博客上，看到李守圣晒出的这张贺年片的照片，真的感觉像是一朵颜色古朴敦厚的花，不惹尘埃，不为争春，只为李守圣一个人默默地开放。

让我感动的，还在于李守圣竟然把这张普通的贺年片保存了整整六十六年。凡是和李守圣一样曾经经历过这六十六年岁月的一代人，都能够体会得到这六十六年的风风雨雨、坎坎坷坷、辗转跌宕、荣枯浮沉，能将一件东西保存下来，是多么的不容易。也可以想象，六十六年动荡之中，光是迁徙搬家该有多少回，无意或有意丢掉的东西，肯定会比保留下来的要多得多。况且，它只是一纸薄薄的贺年片，不是一件祖传的古瓷或一幅古画。

但是，对于价格与价值的认知，却是因人而异的。在李守圣的心里，价格肯定并不等同于价值。在尘埃弥漫之处，在游思四起之处，在乱花迷眼之处，能够看到一线微茫之光神性般地闪烁，如此，他才会把这张看似普通的贺年片珍存了六十六年。可以想象，十二岁的少年，王老师的这一点关怀，让他幼小的心温暖、舒展并坚强起来，让他知道艰难困苦，玉汝于成。在一个孩子的成长路上，往往一件看似不起眼的小事，却如同划出的一道银河，帮助孩子来到一个新的天地。事实上，李守圣没有辜负王老师，中学毕业考取了哈尔滨军工大学。

这张贺年片，也让我感慨。六十六年前，王老师曾经给李守圣全班五十七名同学每一个人都寄去了一张贺年片。我不知道，如今，除了李守圣保存着一张贺年片，还有多少人保存着他们手中曾有过的贺年片？我不敢说李守圣的那一张贺年片是硕果仅存，但我敢说，起码大多数人的手中已经拿不出来贺年片了。

这样的揣测，不是要责备什么人。因为我同时在想，如果我是他们全班的五十七名同学之一，我会保存着那张贺年片吗？真的非常羞愧，因为我不敢保证，而且，我想，大半我早已经把它丢掉了。尽管我可以为自己找出种种理由，我们不可能事无巨细把所有的东西都保留下来。但事实是我把它丢掉了，丢掉在遗忘的风中。

保存一张贺年片，看起来是多么容易，多么简单，它又不是什么大件的东西，需要占地方，需要你费劲地搬动。它只是薄薄的一张纸，夹在一本书中就可以了。很多事情，只道当时是寻常，但真的要你有心去做到，就不那么寻常。即使让你重新活一次，恐怕你依然如故，还是会把一张贺年片随手抛掷。因为那毕竟不是一张大额存单，可以有心理预期，到六十六年之后兑现。

李守圣却做到了。他把一张普通的贺年卡保存到六十六年之后，兑现的是他和王老师彼此的真情，让他们相互感动、感知而感叹，让他们彼此相信，真挚而纯粹的感情，并没有完全风化成一块千疮百孔的搓脚石，还可以是一池没有被污染的清泉水。

好老师，也得有好学生。就像好乐手，也得有好知音。李守圣和王老师，是高山流水的知音。放翁曾有这样一联诗：古琴蛇蚹评无价，宝剑鱼肠托有灵。宝剑鱼肠，说他们也许不合适；但是，古琴蛇蚹，说他们这一段轶事正合适。李守圣和王老师这一对师生友情，就是那古琴蛇蚹，无字而有韵，保存着李守圣少年和王老师青春的美好，让他们可以一弦一柱思华年。能够为这一份友情出示证言的，便是这张贺年片。这张保存了六十六年的贺年片，便有了灵性，有了情意，有了生命；也让逝去的这六十六年光阴，有了值得回忆和回味的绵长滋味。不是我们每一个人都有这样一件普通却又无价的东西，能够保留六十六年之久的。

可爱的中国

初一，我的班主任是司锡龄老师，他高中毕业留校不久，也就二十岁出头的样子。面色黧黑，身材瘦削，富于朝气和激情。第一堂课，他没有讲别的，先向我们介绍了方志敏烈士的事迹和他写的《可爱的中国》，然后，大段大段背诵了《可爱的中国》其中的段落，气势磅礴，如同高山滚滚落石，先把我们砸晕。

整整六十年过去了，眼前总还浮现他背诵时的样子。他的背诵充满激情，他的眼睛在高度近视镜片后闪闪发光，教室里一下子安静异常，只有窗外高大的白杨树叶摇响哗哗的响声，如同一片涨潮时翻滚的海浪，在为司老师、为方志敏伴奏。

"到那时，中国的面貌将被我们改造一新；到那时，到处都是活跃的创造，到处都是日新月异的进步，欢歌将代替悲叹，笑脸将代替哭脸，富裕将代替贫穷，康健将代替疾苦，智慧将代替愚昧，友爱将代替仇杀，生之快乐将代替死之悲哀，明媚的花园将代替凄凉的荒地……这样光荣的一天，决不在辽远的将来……我们可以这样地相信，朋友！"

司老师背诵的《可爱的中国》中这几段话，我至今记忆犹新。那情景恍如昨日。一位英雄，一个老师，一篇文章，一次激情洋溢的朗诵，对于一个少年的影响，竟然是一辈子的。那一年，我十三岁。

在此之前，我没有读过方志敏的《可爱的中国》。司老师朗诵得好，方志敏写得好，那一连串的排比，水银泻地一般，把对祖国的热爱和未来的向往，抒发得那样激情澎湃，像国庆节天空中绽放的璀璨礼花，燃烧得我们每一个同学的心里火热而明亮。

我渴望读到《可爱的中国》的全文。没过多久，我在旧书店里买到了《可爱的中国》，这是一本薄薄的小册子，1952年人民文学出版社出版。这本方志敏牺牲之前写下的著作，由鲁迅先生保存，一直到中华人民共和国成立之后才得以出版，更凸显其不凡的价值。世上有很多书，连篇累牍，厚厚如同砖头，精装如似豪宅。但是，书从来不以薄厚精粗论英雄，正如人的生命价值不以长短为标准，方志敏只活了三十六岁，却顶天立地；他的一本薄薄的《可爱的中国》，却是中国革命史和中国文学史绕不过去的一座丰碑。

回到家，我一口气读完《可爱的中国》。这本书还包括方志敏的另一篇散文《清贫》。我从未有过这样读书的激动，在那样贫穷落后、黑暗残酷而且时刻面临生命威胁的年代，方志敏对于祖国充满那样深厚而不可动摇的感情，充满那样坚定而不可动摇的信心，寄托着那样多美好的向往和心愿，不是每个人都可以做到的，也不是仅仅靠生花妙笔可以写出的。

在《可爱的中国》中，还有这样一段话，我也非常喜爱："朋友！中国是生育我们的母亲，你们觉得这位母亲可爱吗？我想你们和我一样的见解，都觉得这位母亲是蛮可爱蛮可爱的。"然后，他以丰富的想象和真挚的情感，将中国温暖的气候比之母亲的体温，将中国辽阔的土地比之母亲的体魄，将中国的生产力、地下宝藏、未曾利用的天然力比之母亲的乳汁，将中国绵延的海岸线比之母亲的曲线，将中国自然美景比之就是母亲这样天生丽质的美人……

我不知道将祖国比喻成母亲，方志敏是不是第一人，我是第一次看到，感到那样的贴切生动，含温带热，充满情感。他那又是一连串热情奔放的排比，绝对不是靠修辞方法可以书写出来的，是对于祖国母亲深厚情感的情不自禁又无可抑制的流露，是心的回声，是血液的奔涌。

如果说少年时代，哪一位英雄最难以让我忘怀，是方志敏！从那以后，方志敏留给我抹不掉的记忆。想起他来，眼前总会浮现那张牺牲前他披着棉大衣、拖着沉重脚镣的照片所呈现的威武不屈的形象（后来我看到一幅以此形象创作的版画，黑白线条爽劲醒目，印象至今难忘）。为此，我心里一直非常感谢司老师为我们朗诵了《可爱的中国》，在我刚上中学的时候，为我推荐了这本一辈子难忘的好书。

司老师只教我初———年，中学毕业之后，我再也没有见过司老师。一直到1986年的夏天，我在中宣部的一间会客厅里才再次见到司老师，也才知道他已经是中宣部的一个司长，负责中学教育。当时，我的长篇小说《早恋》引起争议，特别是一些来自中学校长和老师的反对，书已经在印刷厂准备印刷了，不得不停印下来。这部书的责编、北京十月文艺出版社的吴光华先生不服气，带着我，拿着书，找到中宣部评理。没有想到出面接待我们的是司老师。司老师把书留下了，说看完后再提具体的意见。

阔别多年的重逢，司老师笑着对我说："一直关注你的写作。希望你多写点儿，写好点儿！"我对身边的吴光华提起了当年司老师为我们全班同学大段大段背诵了《可爱的中国》

的情景，司老师听了笑了起来。逝者如斯，日子在时代的动荡和变迁中飞逝，我和司老师的人生都发生了重大的变化。心里揣测，不知这本《早恋》，司老师看过之后，会有什么看法。他的位置，会让他的意见举足轻重，甚至决定着这本书的命运。他很快就看完了，传达了他的意见，觉得写得挺好的，没有问题。书顺利地出版了。

从那以后，一直到前些年，我才又一次见到司老师。他和我都已经退休，只是他还操心着中学教育的事情。他打电话问我能不能到四川绵阳给中学师生做一个文学讲座，我当然是义不容辞。过不久，在母校汇文中学新建的一所初中分校里，我和语文老师座谈语文教学，司老师也参加了。他正在这所学校里帮助校方进行教学改革。会后，学校派车送我和司老师回家，在路上，我知道了他的儿子到美国读完博士，在普渡大学里当老师。我知道，司老师结婚晚，但听到他的孩子都已经结婚生子而且当了大学的老师，还是觉得日子过得飞快。在我的印象里，总还是定格在初一那一年他大段大段背诵《可爱的中国》的情景里。

十五年前的一个冬末，我去美国，那是我第一次到美国，在芝加哥，借住在一位留学美国攻读历史博士的学生的公寓里。那时，他回国探亲，正好房子空着，好心让我来住。在美国读博尤其是文科的博士，不那么容易，他来美国已经十多年了，快四十了。这么大的年纪，还坚持读博，终于完成了博士论文，得到了导师的认可，正艰难地等待着出版社最后的审定出版，其中艰辛的心路历程，真是不容易。

在他的书架上，摆满各种英文和中文的书，闲来无事，我翻他的书，忽然发现有一本方志敏的《可爱的中国》，居然是和我当年买的同样的版本，连封面都一样。尽管封面已经破旧、褪色，却突然间在心中涌起一种他乡遇故知的感觉。重读这本书，那些曾经熟悉得几乎可以背诵下来的段落，迅速将我带回初一时的青葱岁月，想起司老师的激情背诵，想起自己买到这本小册子回家一口气读完，情不自禁地抄录……

这位老博士从家回到美国的时候，我和他聊起了这本《可爱的中国》。我告诉他我少年时的经历，司老师的朗读，我买的旧书等等。他告诉我他在读博出国前，尽管筛选了好多书没有带，但还是从国内海运了满满两大箱子书，其中没有忘记带上这本《可爱的中国》。他很喜欢这本书，这本书让他想起祖国。

他问我："这本书里还有一篇《清贫》，你看了吧？"

我点点头，说看了。

他接着说："方志敏说：'清贫，清白朴素的生活，正是我们革命者能战胜许多困难的地方。'方志敏被捕的时候，仅仅从他的身上搜出一块手表、一支钢笔和两块铜板。想想如今那些贪污受贿动不动就是上百万的人，你会不会很感慨？如果像方志敏这样的革命者多一些，可爱的中国，是不是会更可爱？"

在异国他乡，他的这一番话让我难忘。那是他的、是我的，也是司老师的，对于我们的祖国的一份感情和一份期望。那一夜，因谈起方志敏的《可爱的中国》，我想起了司老师，想到了很多。

十万零一个为什么

庞老师人长得很帅，个子高高的，脸庞的棱角鲜明。他的年龄四十岁上下，在教过我的男老师中，属于英俊的那种。他只在初二教过我一年的代数课，初三的时候，他就调到别的学校去了。

虽然教我的时间很短，但是，我对他的印象很深。原因有两点。

一是有一次数学课上，我偷偷看一本《十万个为什么》。我是把书放在抽屉里，书只露出一个头，心想没有把书放在课桌上，老师即便走过来，我立刻把书推进课桌的抽屉里，老师一时也难以发现。谁想到，看得正上瘾呢，身后传来了庞老师的声音："看什么书呢？"不知什么时候，庞老师站在我的身后，他弯腰从我的手里拿过了书，看了看封面，说道："呃，是《十万个为什么》，是本好书，不过，你现在应该问一问自己第十万零一个为什么,为什么上课要看课外书?"庞老师说完,把书还给我,全班同学都忍不住笑了起来。弄得我臊不嗒嗒的,一脸通红。

二是庞老师上课的时候,他的数学课本和备课本下面总放着一本文学书,我偷偷地瞄过几眼,有时是一本《莎士比亚剧作选》,有时是一本《普希金诗选》,有时是一本泰戈尔的《飞鸟集》。有时候,课讲完了,布置课堂作业让我们做,或者发下卷子做小测验后,他搬把椅子,在讲台桌旁坐下来,翻开这些书读,一直读到下课。这让我非常奇怪,一个教数学的老师,居然这么爱看文学书,在我们全校的老师中绝无仅有。

更让我好奇的是,几乎每天上午,庞老师来校都非常早,我只要早早地到校上早自习,总能看到庞老师坐在生物实验室的门前,那里有一条长长的过道,和教室的走廊有一段距离,很安静。我总会看见他在读什么,或者听见他在对着窗户背诵什么,一直到第一节课的预备铃响起。我非常好奇,特别想知道他在背诵什么,这么入迷?这么起劲?有一天早晨,我悄悄地走过去,听清了,他在轻声地背诵普希金的诗《致大海》。我刚刚读过这首诗,所以里面的诗句记得很清楚。

原来庞老师也爱普希金。我心里挺佩服他的,想悄悄地离开，生怕打搅了他，可是，已经被他发现，他回过头冲我笑笑，挥着手招呼我过去。他拍拍手里的《普希金诗选》，问我："看过这本书吗？"我点点头。他说："好！我知道你爱看课外书，这是好事，你看我也看课外书，多看点儿课外书，对你有帮助！"他说话很亲切，我很想听听他对我讲讲读课外书的体会。这时候，第一节课的预备铃响了，我赶紧和他告别，跑去上课了。

庞老师和别的老师不大一样，他真的是一位非常有意思的老师。可惜，他教我的时间太短了。我常常会想起他。

刚上高一的一个星期天，我去天安门旁边的劳动人民文化宫，那时，文化宫刚进门往东一拐，有一个古木修竹掩映的小院，几间宫殿式红墙绿瓦的建筑，便是图书馆的阅览室。我家离那里很近，上了中学之后，我常常会到那里借书看，或者在那里复习功课，一般会待上半天，待到饭点儿，回家吃饭。

那个星期天的上午，我在阅览室里只看了不到半个小时的书，椅子上像长了蒺藜狗子，屁股上像长了草，坐不住了，书上的字变得模糊起来，怎么也集中不了我的目光。我不想再看书了，还了书，走出了文化馆，走到大栅栏的同乐电影院，看了一场电影。那时看场电影，学生票只要五分钱，记得很清楚，那天看的是根据陀思妥耶夫斯基的小说《白痴》改编的电影，说实在的，根本没有看懂，却莫名其妙地觉得挺有意思的，比枯坐在阅览室看书轻松了许多。

从电影院走出来，走出大栅栏，走到鲜鱼口，迎面碰见了一个人，觉得非常面熟。四目相对，他一下叫出我的名字："是你，肖复兴！"我也认出了，是庞老师！一年多没见了，突然街头相遇，让我有些激动。

他问我在高一几班，又问我这一年多学习成绩怎么样，还问我课外书都看了些什么。然后，他笑眯眯地对我说："你给我的印象很深呀！"这句话说的，生怕他会接着说起上课看《十万个为什么》的事情，我赶紧低下头，看见他的书包里塞满了书，忙打岔问道："这么多书呀，您这是要去图书馆还书吗？"

他点点头，顺手从书包里拿出一本书，是《古文观止》，问我："这本书你看过吗？"我羞愧地摇摇头。他又拿出一本书，是袁鹰的《风帆》，问我："这本你看过吗？"这本我看过，我赶忙点点头，找补回一点颜面。

看着庞老师这满满的一书包书，我的心里忽然有些惭愧，刚才在文化宫图书馆的阅览室里只待了半个小时就坐不住了，还跑出来看电影，而庞老师却看了这么多的书。

庞老师问我："你这是到哪里去了？"

我不敢回答是看电影了，慌不择词，反问起他来了："庞老师，有一个问题一直想问您，您教数学，为什么那么爱看文学书？记得您给我们上课的时候，数学课本下面总放着一本文学书。"

庞老师笑了："现在我这个习惯也没变呀。"然后，又对我说："对了，你现在正是读书的好时候，要利用时间多读些书，中国的、外国的、现代的、古典的……"分手的时候，他对我说："有时间找我玩儿，我就住在学校里。"

过去了五十多年，我常常会想起庞老师。高一刚开学的那个秋天的上午，庞老师的身影，总还在眼前浮现；他对我说过的要利用时间多读书的话，还是那么清晰地在耳畔回响。

有些人，有些事，尽管结识和经过的时间都不长，甚至只是匆匆一闪，为什么却让你很难忘记，他和它不仅刻进你的记忆里，更是刻进了你生命的年轮里呢？高一那个星期天的上午，和庞老师分手后，我常会想起庞老师，也常会想起这个问题——我的第十万零一个为什么。

那片绿绿的爬山虎

　　1962年，过了暑假，我上初三，写了一篇作文《一张画像》，是写教我平面几何的老师。他个子不高，每天上课的时候，都抱着大三角板和圆规直尺的教具，教具高过他的头，显得他的个子越发的矮，样子非常好笑，让我觉得有点像漫画里的人物。但是，他的课上得很有趣，为人也很有趣，教我语文的田增科老师认为这篇作文写得也很有趣，便推荐这篇作文参加当时正举办的北京市少年儿童征文比赛，没有想到居然获奖。获奖的奖品是一支钢笔和一本《新华字典》，奖品虽然很小，但是陈列在学校大厅的陈列柜里，规格不低。

　　当然，我挺高兴。一天，田老师拿来厚厚的一个大本子对我说："你的作文要印成书了，你知道是谁替你修改的吗？"

　　我睁大眼睛，有些莫名其妙。

"是叶圣陶先生！"田老师将那大本子递给我，又说："你看看叶老先生修改得多么仔细，你可以从中学到不少东西！"

我打开本子一看，里面油印着这次征文比赛获奖的二十篇作文。我翻到我的那篇作文，一下子愣住了：首先映入眼帘的是红色的修改符号和改动后增添的小字，密密麻麻，几页纸上到处是红色的圈、钩或直线、曲线。那篇作文简直像是动过大手术鲜血淋漓又绑上绷带的人一样。

回到家，我仔细看了几遍叶老先生对我作文的修改。题目《一张画像》改成《一幅画像》，我立刻感到用字的准确性。类似这样的修改很多，长句子断成短句的也不少。有一处，我记得十分清楚："怎么你把包几何课本的书皮去掉了呢？"叶老先生改成："怎么你把几何课本的包书纸去掉了呢？"删掉原句中"包"这个动词，使句子干净了，也规范了。而"书皮"改成了"包书纸"更确切，因为书皮可以认为是书的封面。

我真的从中受益匪浅，隔岸观火和身临其境毕竟不一样。这不仅使我看到自己作文的种种毛病，也使我认识到文学事业的艰巨：不下大力气，不一丝不苟，是难成大气候的。我虽然未见叶老先生的面，却从他的批改中感受到他的认真、平和以及温暖，如春风拂面。

叶老先生在我的作文后面写了一则简短的评语：

这一篇作文写的全是具体事实，从具体事实中透露出对王老师的敬爱。肖复兴同学如果没有在这几件有关画画的事儿上深受感动，就不能写得这样亲切自然。

这则短短的评语，树立起我写作的信心。那时我才十五岁，一个毛头小孩，居然能得到一位蜚声国内外文坛的大文学家的指点和鼓励，内心的激动可想而知，涨涌起的信心和幻想，像飞出的一只鸟儿抖着翅膀。那是只有那种年龄的孩子才会拥有的心思。

这一年暑假，田老师找到我，说："叶圣陶先生要请你到他家做客！"

我感到意外。像叶圣陶先生这样的大作家，居然要见见一个初中学生，我自然当成人生中的一件大事。

那天，天气很好。下午，我来到东四北大街一条并不宽敞却很安静的胡同。叶老先生的孙女叶小沫在门口迎接了我。院子是典型的四合院，敞亮而典雅，刚进里院，一墙绿葱葱的爬山虎扑入眼帘，使得夏日的燥热一下子减少了许多，阳光都变成绿色的，像温柔的小精灵一样在上面跳跃着闪烁着迷离的光点。

叶小沫引我到客厅，叶老先生已在门口等候。见了我，他像会见大人一样同我握了握手，一下子让我觉得距离缩短不少。落座之后，他用浓重的苏州口音问了问我的年龄，笑着讲了句："你和小沫同龄呀！"那样随便、和蔼，作家头顶上神秘的光环消失了，我的拘束感也消失了。越是大作家越平易近人，原来他就如一位平常的老爷爷一样，让人感到亲切。

想来有趣，那一下午，叶老先生没谈我那篇获奖的作文，也没谈写作。他没有向我传授什么文学创作的秘诀、要素或指南之类。相反，他几次问我各科学习成绩怎么样。我说我连续几年获得优良奖章，文科、理科学习成绩都还不错。他说道："这样好！爱好文学的人不要只读文科的书，一定要多读各科的书。"

他又让我背背中国历史朝代，我没有背全，有的朝代顺序还背颠倒了。他又说："我们中国人一定要搞清楚自己的历史，搞文学的人不搞清楚我们的历史更不行。"我知道这是对我的批评，也是对我的期望。

我们的交谈很融洽，仿佛我不是小孩，而是大人，一个他的老朋友。他亲切之中蕴含的认真，质朴之中包容的期待，把我小小的心融化了，以致不知黄昏什么时候到来，悄悄将落日的余晖染红窗棂。我一眼又望见院里那一墙的爬山虎，黄昏中绿得沉郁，如同一片浓浓的湖水，映在客厅的玻璃窗上，不停地摇曳着，显得虎虎有生气。

那时候，我刚刚读过叶老先生写的一篇散文《爬山虎的脚》，便问："那篇《爬山虎的脚》是不是就写的它们呀？"他笑着点点头："是的，那是前几年写的呢！"说着，他眯起眼睛又望望窗外那爬山虎。我不知那一刻老先生想起的是什么。

我应该庆幸，有生以来第一次见到作家，竟是这样一位大作家，一位人品与作品都堪称楷模的真正意义上的大作家。他对于一个孩子平等真诚又宽厚期待的谈话，让我十五岁那个夏天富有生命和活力，仿佛那个夏天变长了。我好像知道了，或者模模糊糊懂得了：作家就是这样做的，作家的作品就是这么写的。

在我的眼前，那片爬山虎总是那么绿着。

一轮明月照犹今

田增科老师今年八十七岁，教我的时候，我十五岁，他刚刚大学毕业不久，仅仅比我大十多岁。如果不是他帮助我修改了一篇作文《一幅画像》，并亲自推荐参加了北京市少年儿童作文比赛，我便不会获奖，更不会有幸由此结识叶圣陶前辈。

那篇作文是我第一篇变成铅字的文章。如果没有这样的一篇文章，我会那样迷恋上文学吗？我日后的道路会不会发生变化？我有时这样想起，便十分感谢田老师。我永远难忘他将我的那篇作文塞进信封，投递进学校门前的绿色信筒里的情景；我也永远难忘当我的这篇文章被印进书中，他将那喷发着油墨清香的书递到我手中时，比我还要激动的情景。那是春天一个细雨飘洒的黄昏。

我读高中以后，田老师不再教我。有一天放学之后，他邀请我到他家。那时，他刚刚结婚不久，学校分配他一间新房，离学校不远。到了他家，他从书柜里翻出了一个大本子，递给我，让我看。本子很旧，纸页发黄，我打开一看，里面贴的全是从报刊上剪下来的文章。再仔细看，每篇文章的署名都是田老师。原来田老师曾经在报刊上发表过那么多的文章。

田老师指着本子上的一篇文章，对我说："这是我发表的第一篇文章，和你一样，也是读中学的时候写的。"

我坐在他家，仔细看了田老师的这篇文章，写的是晚上放学回家，他在公交车上遇见的一件小事，写得委婉感人，朴素的叙述中，颠簸的车厢、迷离的灯光、窗外流萤般闪过的街景……荡漾着一丝丝诗意。心里暗暗地和自己写的那篇《一幅画像》做了个比较，觉得比我写得要好，更像是一篇小说。有这样好的基础和开端，后来怎么再没有见到田老师发表的作品呢？

田老师好像明白了我的心思，对我说："可惜，后来上了大学，读的理论方面的书多，我没有把这样的文学创作坚持下来。"然后，他望望我，又说："希望你坚持下来！"

我明白了田老师叫我到他家来的目的了。我知道他的心意，他对我的期望。

那天，田老师对我讲了很多话，不像对他的一个学生，像是对他的一个知心朋友。印象最深的是，他特别对我讲起了他中学的往事，讲起了他读高中时候教他语文课的蒋老师。蒋老师曾经是清华大学英语系的学生，语文课讲得特别的好，经常给他们讲一些课外的文章，还借给他一些课外书。高中毕业，那时田老师在河南洛阳，洛阳没有高考的考场，考场设在开封。全班五十二个学生，是蒋老师带着这五十二个学生，坐了四百里的火车，赶到开封参加高考。为了防止学生意外生病，他还特意背着个药箱，细心周到地带着止泻药、防暑药。

田老师说他很感谢蒋老师，没有蒋老师，他不会从洛阳考到北京上大学。

我心里感到田老师就是像蒋老师一样的好老师，好老师就是这样代代传承的。人的一辈子，在小学和中学阶段，能够遇到一个或几个好老师，真的是他或她的幸运和福分，因为好的老师可以影响一生。

我和田老师的师生友情，从1962年一直延续至今，已经有五十九年之久。即便以后，我长大了，到北大荒插队，在那些个路远天长、心折魂断的日子里，田老师常有信来，一直劝我无论在什么艰苦的条件下，千万不要放下笔、放下书。

在那文化凋零的季节，他千方百计从内部为我买了一套《水浒传》和一套《三国演义》，在我从北大荒回家探亲，假期结束要回北大荒的前夕，他骑着自行车，赶到我的家里把书送来。那时，我住在前门外一条老街上一座老院破旧的小屋里。那一晚，偏巧我去和同学话别没有在家，徒留下桌上一杯已经放凉的茶和漫天的繁星闪烁。

我写下这样一首小诗，怀念寒冬的那个夜晚——

清茶半盏饮光阴，往事偏从旧梦寻。

楼后百花春日影，雨前寸草故人心。

老街几度野云合，小院也曾荒雪深。

记得那年送书夜，一轮明月照犹今。

五月的鲜花

　　阎述诗老师，冬天永远不戴帽子，曾是我们汇文中学的一个颇为引人瞩目的景观。他的头发永远梳理得一丝不乱，似乎冬天的大风也难在他的头发上留下痕迹。

　　阎述诗是北京市的特级数学教师，这在我们学校数学教研组里，是唯一的。学校里所有的老师，包括我们的校长对他都格外尊重。他只教高三毕业班，非常巧，我上初一的时候，他忽然要求带一个初一班的数学课。可惜，这样的好事没有轮到我们班。不过，他常在阶梯教室给我们初一的学生讲数学课外辅导，谁都可以去听。他这样做，为了我们学生，同时也是为了年轻的老师。他要把数学从初一开始抓起的重要性，用自己的实际行动告诉我们大家。

　　我那时并不怎么喜欢数学，到阶梯教室听了他的一次课，是慕名而去的。那一天，阶梯教室坐满了学生和老师，连过道都挤得水泄不通。上课铃声响的时候，他正好出现在教室门口。他讲课的声音十分动听，像音乐在流淌；板书极其整洁，一个黑板让他写得井然有序，像布局得当的一幅书法、一盘围棋。他从不擦一个字或符号，写上去了，就像钉上的钉，落下的棋。给我印象最深的是他随手在黑板上画的圆，一笔下来，不用圆规，居然那么圆，让我们这些学生叹为观止，差点没叫出声来。

四十五分钟一节课，当他讲完最后一句话的时候，下课的铃声正好清脆地响起，真是料"时"如神。下课以后，同学们围在黑板前啧啧赞叹。阎老师的板书安排得错落有致，从未擦过一笔，从未涂过一下黑板，满满登登，又干干净净，简直像是一幅精心编织的图案，同学们都舍不得擦掉。

是的，那简直是精美的艺术品。我还未见过一个老师能够做到这样。阎老师并不是有意这样做，而是已经形成了习惯。长大以后，我回母校见过阎老师的备课笔记本，虽然他的数学课教了那么多年，早已驾轻就熟，但每一个笔记本、每一课的内容，他写得依然那样一丝不苟，像他的板书一样，不涂改一笔一画，哪怕是一个圆、一个三角形，都用圆规和三角板画得规规矩矩，而且每一页都布置得整齐有序，整个笔记本像一本印刷精良的书。阎老师是把数学当成艺术对待的，他便把数学课化为了艺术。只是刚上学的时候，我不知道阎老师其实就是一位艺术家。

一直到阎老师逝世之后，学校办了一期纪念阎老师的板报，在板报上我见到诗人光未然先生写来的悼念信，信中提起那首著名的抗战歌曲《五月的鲜花》，方才知道是阎老师作的曲，原来他如此学艺广泛而精深。想起阎老师的数学课，便不再奇怪，他既是一位数学家，又是一位音乐家，他将音乐的音符和旋律，与数学的符号和公式，那样神奇地结合起来。他拥有一片大海，所以给予我们的才如此滋润淋漓。

那一年，是1963年，我上初三，阎述诗老师才五十八岁，太早地离开了我们。他是患肝病离开我们的。肝病不是肝癌，并不是不可以治的。如果他不坚持在课堂上，早一些去医院看病，他不至于这么早走的。他就像《五月的鲜花》里的战士，不愿离开自己战斗的岗位一样，不愿离开课堂。从那一年之后，我再唱起这首歌："五月的鲜花，开遍了原野，鲜花掩盖着志士的鲜血……"便想起阎老师。

就是从那时起，我对阎述诗老师有了进一步的了解。以他的才华学识，他本可以不当一名寒酸的中学老师。艺术之路和仕途之径，都曾为他敞开。1942年，日寇铁蹄践踏北平，日本教官接管了学校后曾让他出来做官，他却愤而离校出走，开一家小照相馆艰难度日谋生。解放初期，他的照相馆已经小有规模，凭他的艺术才华，他的照相水平远近颇有名气，收入自是不错。但是，这时母校请他回来教书，他二话没说，毅然放弃商海赚钱生涯，重返校园再执教鞭。一官一商，他都是那样爽快挥手告别，唯有放弃不下的是教师生涯。这并不是所有知识分子都能做得到的，人生在世，诱惑良多，无处不在，一一考验着人的灵魂和良知。

我对阎述诗老师的人品和学品愈发敬重。据说，当初学校请他回校教书，校长月薪九十元，却经市政府特批予他月薪一百二十元，实在是得有其所，充分体现对知识的尊重。现在想想，即使今天也不是那么容易做到的。

世上有许多东西是无法用金钱衡量的。阎述诗老师一生与世无争，淡泊名利；白日教数学，晚间听音乐，手指在黑板与钢琴上均是黑白之间，相互弹奏；两相契合，阴阳互补，物我两忘，陶然自乐。这在物欲横泛之时，媚世苟合、曲宦巧学、操守难持、趋避易变盛行，阎述诗老师守住艺术家和教育家一颗清静透彻之心，对我们今日实在是一面醒目明澈的镜子。

诗人早就说过，有的人活着，他却死了；有的人死了，他却活着。想想抗战胜利已七十多年，《五月的鲜花》唱了整整有七十多年，依然在中国的土地上回荡。岁月最为无情而公正，七十多年的时间呀，会有多少歌、多少人，被人们无情地遗忘！但是，阎述诗老师和他的《五月的鲜花》仍被人们记起。

在母校纪念阎述诗老师的会上，我见到他的女儿，她是著名演员王铁成的夫人。她告诉我她的女儿至今还保留着几十年前外公临终前吐出的最后一口鲜血——洁白的棉花上托着一块玛瑙红的血迹。

从血管里流出的是血，与从自来水管里流出的水，终究是不同的人生、不同的历史。

那块血迹永远不会褪色。那是五月的鲜花，开遍在我们的心上。

青春期的争论

张学铭老师是我读高一时的班主任，兼教化学课。他的身体不好，从北京大学化学系肄业。以张老师的学识，教我们还在背元素周期律的高一学生的化学，是小菜一碟。除了上课，他不爱讲话，也不爱笑，脸总是绷得紧紧的。作为班主任，他管得不多，基本都放手让班干部干，无为而治。除了上课，很少见到他的身影。

在高一这一学年里，我和张老师深度接触只有两次。

一次，是上化学实验课。张老师先在教室里讲完实验具体操作的步骤和要求，就让我们到实验室做实验，他没有跟着我们一起去，实验室里，有负责实验的老师。这是张老师的风格，什么都让我们自己动手。他说，饭得靠自己吃，路得靠自己走。

那一次实验，我忘记是做什么了，每一个同学一个实验桌，上面摆着各种化学的粉末和液体，还有各种试管和瓶瓶罐罐。最醒目的是一个大大的烧瓶，圆圆的，鼓着大肚子。实验过程中，"砰"的一声巨响，我面前的这个烧瓶突然炸裂了。全班同学都被惊住了，目光像聚光灯都落在我的身上。

实验老师走了过来，望着有些惊慌失措的我，先问我："没伤着吧？"然后，对我说："你去找张老师，跟他讲一下。"

我到化学教研室找到张老师，告诉他这件事，垂着头，等着挨批评。但是，他什么话也没说，转身走到化学用品柜前，拿出一个新烧瓶，交到我的手里，让我回去重新做实验。没有一句批评，就这么完了吗？我小心翼翼地捧着烧瓶，生怕掉到地上，站在那里。他只是挥挥手，让我赶紧回去做实验。

我嗫嚅道："张老师，我把烧瓶……"

他打断我的话："做实验，这是常会发生的。哪有什么实验都那么顺顺利利就成功的？"

第二次，是一次班会。那时，我是班上的宣传委员，我提议组织一次班会，专门讨论一下理想，我想了一个讨论题目：是当一名普通的工人对社会的贡献大，还是做一名科学家贡献大？那一阵子，我们班正组织活动：跟随崇文区环卫队一起到各个大杂院里的厕所淘粪。带领我们的淘粪工，是赫赫有名的时传祥师傅，他是全国劳动模范，因受到过国家主席刘少奇的接见而无人不晓。张老师听完我的提议说："很好，你就组织这个班会吧。到时候，我也参加。"

班会在周末下午放学之后进行，开得相当热闹。大家刚刚跟随时传祥淘过粪，很佩服时传祥，但是，高中毕业考大学，难道上完大学，不是为了做一名科学家，而是去当淘粪工吗？显然，当一名科学家对社会的贡献更大些。支持者，说得头头是道。反对者不甘示弱：一室不扫，何以扫天下？没有淘粪工，生活就会变得臭烘烘的了。只有社会分工不同，行行出状元，他们对社会的贡献，和科学家一样的大。

大家正处于青春期，激情亢奋，针尖对麦芒，谁也不服谁，争论得非常激烈，一直到天黑，还在争论，尽管没有争论出子丑寅卯来，却是兴味未减。整座教学楼，只有我们教室里的灯亮着。说实在的话，这个争论话题，有些像只带刺的刺猬。在当时的时代背景下，国家的领导阶级是工人，而不是知识分子。讨论这样的话题是犯忌的，却是所有同学心理和成长过程中绕不过去的一道坎儿。

张老师坐在那里一言不发，静静地听我们热火朝天地争论。最后，我请张老师做总结发言，他站起来，只是简短了说了几句："今天同学们的讨论非常好，你们还年轻，还没有真正地走向社会，但你们应该有属于自己的理想，为实现这个理想，实实在在地努力学习！"他声调不高，语速很慢，我们都还想听他接着讲呢，却戛然而止。

走在夜色笼罩的校园里，望着远去的张老师瘦削的背影，我真想问问他："张老师，您自己没当成一名科学家，而是到我们学校当了一名化学老师，您说您要是当了科学家对社会贡献大呢？还是当中学老师贡献大呢？"我不知道他会怎样回答。

不管怎么说，高一那一年，张老师以他开明民主的教育方式，给我们全班同学关于理想、关于价值观一次畅所欲言的机会。尽管一切都还没有答案，一切的答案不都是在我们这样年轻时候的摸索中、争论中，才能逐渐寻找到的吗？

花儿为什么这样红

今年是我的母校汇文中学建校一百五十周年。这是当年美国基督教会办的一所老校。1959年建北京火车站，占据了它大部分校园。1960年，我考入汇文中学，报到的时候还是到船板胡同残缺的原校址，入学时，已经进入崇文区火神庙的新校。火神庙早已不存，以前这里是一片乱坟岗子，汇文新校矗立在这里时，前面的新开辟不久的大街起名叫幸福大街；火神庙，相应更名为培新街。汇文中学，带来一个新时代清新明喻的街名。

今年也是我们汇文中学的老校长高万春逝世五十五周年。想起母校，忍不住想起他。如果他还活着，能参加今天建校一百五十周年的活动，走回他曾经熟悉的校园，该多好。

高校长在汇文中学担任校长整整十年，这十年中，有我在那里读书的六年时光。尽管当时我只是一个学生，但高校长留给我的印象很深。

戴一副宽边眼镜，爱穿一身中山装，风纪扣紧系着，不苟言笑，很威严的样子。这不仅是我一个学生，而是很多学生描绘出高万春校长的肖像画。在我们同学中间流传他的传说，最广的是他曾经在西南联大听过闻一多的课，在学校的文学创作园地《百花》墙报上，每期都有他亲自写的文章（最出名的有《李自成起义的传说》《盖叫天谈练功》），谈天说地，博古通今，让我更加信服他一定师出名门。我们学生对他肃然起敬，也充满对那个风云激荡时代的想象。但对他也多少有些害怕，远远看见他，都会躲着走。

我在汇文读书的六年里，单独见到高校长，只有两次。但是，我知道他对我青睐和照顾有加，学校破例允许我可以进图书馆里面去挑书、借书，便是他的指示。当时有很多学生不满，找到图书馆的高挥老师去吵，向学校提意见，高校长坚持自己的主见："要给爱学习的学生开小灶！"

记得我初一的班主任司老师曾经对我说，有一次，他问司老师这样一个问题："你说一名大学教授贡献大，还是一名优秀的中学老师贡献大？"不等回答，他自己说："办好一所中学，不见得比大学教授贡献小。"在他为汇文校长的那十年中，把一所拥有百年历史的老校，以德智体美全面发展的好成绩和好形象，推进至北京市中学的前茅，这是他之后历任校长再也无法企及的。

高校长最大的爱好，就是听课，所以，年轻的老师和我们学生一样，都有些怕他，怕他搬来一把椅子，坐在教室后面听课，课下来之后，检查他们的教案和备课笔记。他是教学的行家，老师哪里讲得好，哪里讲得不好，他听得出来。他对老师们讲："讲课要像梅兰芳唱戏一样，一句唱词一个唱腔，要反复琢磨，要精益求精，要追求艺术效果。"他是把讲课当作艺术来看待的。

第一次单独见高校长，是高一，下午放学的时候，班主任老师叫住我，让我到校长室去一趟，说高校长找我。我有些惴惴不安，一般学生被叫到校长室，不会有什么好事，总是犯了错误被叫去受训的居多。我心里在想，自己犯了什么事吗？会不会把我找去批评我？

校长室在一楼，我敲门进去的时候，高校长正襟危坐在办公桌前。他没有让我坐下，只是先问我最近的学习情况，然后又告诫我要谦虚，不要骄傲翘尾巴，最后，拉开办公桌的抽屉，拿出一个牛皮纸袋递给我，告诉我："这是一本英文版的《中国妇女》杂志，你的一篇作文翻译成了英文，刊登在上面了。"

我松了一口气，原来是好事。我站在那里，等着他继续训话。但是，没有了，他摆摆手，放行，让我走了。刚走出校长室，在楼道里，我就打开了杂志，一看，是我的那篇作文《一幅画像》，翻译成了英文，还配发了一幅插图。初三那年，我的这篇作文参加北京市少年儿童作文比赛获奖，奖品是一支钢笔和一本新华字典，虽然不大，并不起眼，但高校长指示把这两个奖品放在教学楼大厅的展览柜里展览，给我很多鼓励，还有小小的虚荣。

我到现在还记得，那天在校长的办公室里看到，靠墙有一个长条背靠椅，后来我听班主任老师说，高校长就是在这个长椅子前面再加一把椅子，把它们当成了床，常常晚上不回家，睡在这上面。

第二次是在我读高二的时候，有一天下午放学早了点儿，我和一个同学下楼，边下楼梯，边哼唱起来《花儿为什么这样红》。那时候正放映电影《冰山上的来客》，这首雷振邦作曲的电影插曲很走红，很多人都爱唱，我们也是刚刚学会的。那时，我们的教室在三楼，我们两人从三楼走到一楼，也从三楼哼哼地唱到一楼。走到一楼前的最后几个台阶的时候，我们看见，高校长正一脸乌云站在一楼的楼梯口等着我们呢。

我们收住了歌喉，惴惴不安地走到他的跟前，他沉着脸，劈头盖脸问了我们一句："你们说说，花儿到底为什么这样红？"

我们两人吓得什么话也说不出来。

高校长又严厉地对我们说道："你们不知道吗？高三的同学还在上课！"

我们才忽然想到，高三年级各班的教室都在一楼，为了迎接高考，他们得加班加点上课。

高校长说完，转身走了，我们两人赶紧夹着尾巴溜出了教学楼。

高二的那年，我当了一年学校学生会的主席。我知道，这是个荣誉差事，没有多少工作，只是负责学校大厅的黑板上每周一次的黑板报，每学期一次全校运动会和文艺汇演，还有每学期的开学典礼的文艺演出。

高三开学典礼的文艺演出准备工作，还是由我们这一届的学生会负责，开学之后，学生会换届选举，我就可以卸任，准备紧张的高考了。就在准备文艺演出的一天下午，我正在学校礼堂的舞台上和同学们一起忙活，一个同学跑上台，对我说范老师找我。范老师是负责我们学生会的教导处的主任。我跟着这个同学走下舞台，往礼堂外面走，刚走到门口，看见范老师正坐在最后一排的椅子上。他身边还坐着两位老师，一男一女，我都不认识。

范老师见我走了过来，站起来，向我介绍，原来是中央戏剧学院表演系的两位老师。男老师教形体课，女老师教表演课。我很有些奇怪，不知道他们找我有什么事情。说句很羞愧的话，当时，我确实见识很浅陋，从来没有听说过北京还有一个戏剧学院。

范老师告诉我："这两位老师是专门来咱们学校招收学生的，他们看中了你！"

我更是有些吃惊，因为当时我一门心思只想考北大，对于戏剧学院一无所知，对于表演系更是一头雾水。两位老师非常热情，对我说："以前不了解，没关系，到我们学校参观一下，不就了解了嘛！"

于是，我被邀请参观了中央戏剧学院，由这两位老师陪同，观看了戏剧学院学生当年演出的话剧《焦裕禄》。我第一次走进了正规剧院的后台，那是和我们学校舞台一侧简陋的后台无法相提并论的。鲜艳的服装，化妆的镜子，喷香的油彩，迷离的灯光，色彩纷呈的道具……以一种新奇而杂乱的印象，一起涌到一个中学即将毕业、有些好奇有些兴奋又有些不知所措的少年面前。

不过，我一直很奇怪，我根本不认识这两位戏剧学院表演系的老师，他们是怎么知道我的呢？我把这个疑问抛向了范老师，他告诉我："艺术院校是提前招生，所以，这两位老师老早就来过咱们学校好几次了，想找一个能写也能演的学生，希望学校推荐合适的人选，是高校长推荐了你！"

我的心里，对高校长很有些感激。

一直到从汇文中学毕业，离开这所学校，我再也没有见过高校长。

忽然想起曾经学过的语文课文，鲁迅的《从百草园到三味书屋》中说过的话："我将不能常到百草园了。Ade，我的蟋蟀们！ Ade，我的覆盆子们和木莲们！"

我也要说："我将不能常到汇文中学了。Ade，我的校园！ Ade，我的老师们和高校长！"

卷 三

荒原记忆

北大荒，对我而言，既属于荒原，也属于乡土。

荒原记忆

　　在我国传统文化中，只有大地、乡土或原野，没有荒原这个词。荒原这个词最早出现，应该是在五四时期。那时候，有艾米莉·勃朗特的小说《呼啸山庄》和尤金·奥尼尔的剧本《荒原》翻译出版，荒原才不仅作为一种文学中的情境与意象，也作为新时代的一种新词汇、新象征。特别是五四之后，在冲破了旧文化的藩篱而渴求新生活的时代动荡中，荒原成为人们向未知世界挑战或征服的欲望和精神的一种存在。

　　曹禺就是在那个年代受到尤金·奥尼尔的影响，写作了《原野》。在曹禺的创作中，在我看来，这是他最好的一部剧作，他将荒原这个富有象征意义的意象引入他的这部剧中。去年，他的《雷雨》重新演出遭到年轻人的哄笑，但在《原野》中，不会出现这样由渐行渐远时代造成的精神隔膜，由过于人为巧合造成的审美错位，而引发跨时空的笑声。因为

《原野》中的背景，不仅仅是时代更是人类共同生存的窘境，完全可以和现代人共鸣。而这恰恰是"原野"不受时空限制的永恒的象征意义。其实，在尤金·奥尼尔剧中的"原野"一词，应该翻译为荒原；曹禺的原野，更准确地说，是中国那时的一种荒原。

荒原不是作为文本意义和象征意义，而是作为实实在在的存在，真正出现在我的面前，是1968年7月的夏天。那一年，我二十一岁。我从北京来到北大荒生产建设兵团一个叫作大兴岛的地方。一个北大荒的"荒"字，就命定了它荒原的归属。大兴岛，被蜿蜒的挠力河和七星河包围。那时候，我们必须乘坐一艘柴油机动船才能到达那座岛上。乘船渡过七星河的时候，放眼望去，宽阔河水两岸都是长满芦苇的沼泽地，再远处，则是一片荒草萋萋的荒地，风吹草动，一直平铺到天边，连接到看不清的地平线。那块看不清的地方，就是大兴岛，其实，就是一片荒原。我才见识到了什么是荒原。在这样一片荒原包围下，机动船轰轰作响，柴油马达声被风声吞没，船和船上的我们，显得那么渺小。

后来，我们扎起了帐篷，开荒种地；再后来，我被调到生产建设兵团六师的师部，一个叫建三江的地方——这个名字是当时我们的师长取的，为的就是开发这一片三江荒原。

所谓三江，指的是黑龙江、松花江和乌苏里江三条江包围的地盘。"向荒原进军"是当时喊出的响亮口号。我奉命调到那里去编写文艺节目。记得我和伙伴们编写的第一个节目，是叫作《绿帐篷》的歌舞，里面的第一段歌词是这样唱的："绿色的帐篷，双手把你建成；像是那花朵，开遍在荒原中……"

现在，才知道，当年我们开发的荒原其实是湿地，被称作"大地的肾"。这些年，知青重返北大荒成为一种热潮。前些年，我也曾经回过北大荒，看到如今的人们在把当年我们开发出来的地，重新恢复为湿地，"保护湿地"成为和当年"开发荒原"一样响亮的口号。看着已经瘦得清浅的七星河，和变幻了色彩的原野，觉得历史和我们开了个玩笑。

后来看学者赵园的著作，她在论述荒原和乡土之间的差别时说，乡土是价值世界，还乡是一种价值态度；而荒原更联系于认识论，它是被创造出来的，主要用于表达人关于自身历史、文化、生命形态和生存境遇的认识。她还说，乡土属于某种稳定的价值情感，属于回忆；而荒原则由认识的图景浮出，要求对它的解说与认知。

赵园的话，让我重新审视北大荒。对于我们知青，它属于荒原，还是乡土？属于乡土，可当时那里确实是一片兔子都不拉屎的荒原，当年我们青春季节开发的荒原大多是对湿地的破坏，严格意义上讲，并没有什么价值；属于荒原，为什么知青如今把它当作自己的故乡一样，一次次频频含泪带啼地还乡？过去经过的一切，都融有那样多的情感价值的因素？

我有些迷惘。仔细想当年荒原变良田，北大荒变北大仓的情景，和如今又恢复湿地的翻云覆雨地颠簸，该如何爬梳厘清这一切错综复杂的关系？或许对于我们知青而言，北大荒这片中国土地上最大的荒原和乡土的关系，并不像赵园分割得那样清楚。这片荒原，既有我们的认识价值，又有我们的情感价值；既属于被我们开垦创造出来的荒原，又属于创造开垦我们回忆的乡土。

我想起四十四年前，1971年的春节，我在师部，由于有事耽搁，等年三十要走了，突如其来的一场暴风雪，让我无法过七星河回原来的生产队和朋友老乡聚会一起过年。师部的食堂都关了张，大师傅们都早早回家过年了，连商店和小卖部都已经关门，命中注定，别说年夜饭没有了，就是想买个罐头都不行。

暴风雪从年三十刮到了年初一，我只好畏缩在孤零零的帐篷里。就在这时候，忽然听到有人大声呼叫我的名字。由于暴风雪刮得很凶，那声音被撕成了碎片，显得有些断断续续，像是在梦中，不那么真实。但那确实是叫我名字的声音。我非常地奇怪，会是谁呢？在师部，我仅仅认识的宣传队里的人一个个都早走了，回各团去过年了，其他的，我没有一个认识的人呀！谁会在大年初一的上午来给我拜年呢？

满怀狐疑，我披上棉大衣，下了热乎乎的暖炕，跑到门口，掀开厚厚的棉门帘，打开了门。吓了我一跳，站在大门口的人，浑身是厚厚的雪，简直是个雪人。我根本没有认出他来。等他走进屋来，摘下大狗皮帽子，抖落下一身的雪，我才看清是我们二连的木匠老赵。他从怀里掏出一个大饭盒，打开一看，是饺子，个个冻成了梆梆硬的砣砣。他笑着说道："可惜过七星河的时候，雪滑跌了一跤，饺子撒了，捡了半天，饺子还是少了好多。凑合吃吧！"

我立刻愣在那儿，半天没说出话来。他是见我年三十没有回队，专门给我送饺子来的。如果是平时，这也许算不上什么，可这是什么天气呀！他得多早就要起身，没有车，三十来里的路，他得一步步地跋涉在没膝深的雪窝里，他得一步步走过冰滑雪滑的七星河呀。

那一刻，风雪中的荒原和帐篷，因老赵和这盒饺子而变得温暖。真的，哪怕只剩下了这盒饺子，北大荒对于我既属于荒原，也属于乡土。

豆秸垛赋

在北大荒，豆秸垛和麦秸垛，是秋天和夏天的两种意象。不过，我只留意过豆秸垛，没有怎么留意麦秸垛。那时候，我们二队每家的房前屋后最起码都要堆上一个豆秸垛，很少见堆麦秸垛的。我们知青的食堂前面，左右要对称地堆上两个豆秸垛，高高的，高过房顶，快赶上白杨树高了。这些豆秸要用整整一年，烧火做饭、烧炕取暖，都要靠它。麦秸垛，一般都只是堆在马号牛号旁，喂牲畜用，不会用它烧火做饭烧炕取暖，因为它没有豆秸经烧，往灶膛里塞满麦秸，一阵火苗过后，很快就烧干净了，只剩下一堆灰烬，徒有热情，没有耐力。

返城后很多年，看到了凡·高的速写，和莫奈以及毕沙罗的油画，很多幅画的是麦秸垛，一堆堆、圆乎乎、胖墩墩，蹲在收割后的麦田里，闪烁着金子般的光。才发现麦秸垛挺漂亮的，只不过当初忽略了它的存在。只顾着实用主义的烧火做饭、烧炕取暖，不懂得它还可以入画，成为审美的浪漫主义的作品。

后来看到文学作品，大概是铁凝的小说，她称麦秸垛是矗立在大地上的女人的乳房。这样的比喻，我从来没有想到过，尽管我在北大荒经历过好几年麦收。但我不得不承认，这个比喻新鲜，充满乡土气息和人情味，让我忍不住想起当年在北大荒一望无际的麦田里，弯腰挥舞着镰刀的当地能干的妇女。

再后来，看到聂绀弩的诗，他写的是北大荒的麦秸垛："麦垛千堆又万堆，长城迤逦复迂回。散兵线上黄金满，金字塔边赤日辉。"他写得要昂扬多了，长城、黄金和金字塔一连串的比喻，总觉得压在麦秸垛上，会让麦秸垛力不胜负。不过，也确实让我惭愧自己当年在北大荒收麦子时缺乏这样的想象力。

但是，对于豆秸垛，我多少还是有些想象的，那时看它圆圆的顶，结实的底座，阳光照射下，一个高个子胖胖的女人似的，健壮挺拔，丰乳肥臀，那么给你提气。当然，比起麦秸垛的金碧辉煌，豆秸垛灰头灰脸的，像土拨鼠的皮毛。只有到了大雪覆盖的时候，我才会为它扬眉吐气，因为那时候，它像我儿时堆起的雪人，一身洁白，站在各家的门前，像守护神。

用豆秸，是有讲究的。会用的，一般都是用三股叉从豆秸垛底下扒，扒下一层，上面的豆秸会自动地落下来，自动而有节奏地填补到下面来，绝对不会自己从上面塌下来。在这一点上，无论绘画还是文学再如何美化的麦秸垛，都无法与之相比。很简单，如果是麦秸垛，早就像一摊稀泥一样，坍塌得一塌糊涂，因为麦秸太滑，又没有豆秸枝杈的相互勾连。所以，就是一冬一春快烧完了，豆秸垛都会保持着原来那圆圆的顶子，就像冰雕融化时那样，有些悲壮，一点一点地融化，最后将自己的形象湿润而温暖地融化在空气中。

因此，垛豆秸垛和垛麦秸垛，是完全两回事。垛豆秸垛，在北大荒是一门本事，不亚于砌房子，一层一层的砖往上垒的劲头和意思，和一层一层豆秸往上垛，是一个样的，得要手艺。大豆收割完了之后，一般我们知青能够跟着车去地里拉豆秸回来，但垛豆秸垛这活儿，得等老农来干。在我看来，能垛它的，会使用它的，都是富有艺术感的人。在质朴的艺术感方面，老农永远是我的老师。

不能怪我偏心眼儿，对豆秸垛充满感情。这样的感情，不仅来自艺术感方面，也来自情感方面。

我从北京来到北大荒第二年，刚刚入秋的时候，厄运降临在我的头顶。因为为队上三位被错打成现行反革命的当地老农鸣冤叫屈，队上头头联手工作组的组长，在全队大会上说我是过年的猪早杀晚不杀。一时，黑云笼罩，我成了不可救药的坏蛋，二队几乎所有的人都不敢再理我，躲我唯恐避之不及。

那一年的秋收，便成为我一个人的秋收。那时，每天天不亮，大家就要顶着星星，出工割豆子，每人一条垄。一条垄，八里长，割完一条垄，快手能赶在日头落前，慢手得到月亮出来了。

我属于慢手，常常是全队的人都割完，收工回家吃晚饭了，我还撅着屁股，挥着镰刀，在地里忙乎着。直直腰身，望望还是一眼望不到头的豆地，黑乎乎地笼罩在迷蒙的月光中，心里涌出一种绝望的感觉。偌大的豆子地里，只剩下我孤零零的一个人，秋风掠过豆秸梢，干透的豆子在豆荚里哗啦啦直响，想起去年秋收第一次割豆子时自己曾经写过的"大豆摇铃"之类的诗句，不禁哑然失笑。

这倒不是工作组或队上的头头对我有意的惩罚，每个人都是割一条垄，只能怪我手太笨，干农活实在不行。但是，没有一个人肯伸把手帮我一下，即使连平常和我关系还不错的人，都不见了踪影，只是将他们怜惜的心情在暗中传递，不敢明里伸出援手。这让我感到有些悲哀，有一种天远地远孤零零被抛弃的感觉。

有一天的晚上，由于头天刚下过一场雨，地里有些泥泞，割豆子便更显艰难。人们都已经收工了，我还在豆地里盘桓。上弦月早就升起来，由于有雾，光线不亮，朦朦胧胧地洒在已经结霜的豆秸上，斑驳之中，银光闪闪的，像眼泪晶莹地闪烁。已经是阴历的九月初，北大荒的天气很冷了，晚风吹过，更多凉意和凄清的感觉。豆秸上有刺，上霜后变得坚硬扎人，我没有戴手套，手心手背扎得火燎一样疼。

咬咬牙，还得继续往前割，一定要割到头，否则更会遭人嘲笑。现在想想，那一晚的情景，多少有些悲凉，一片割不完的豆地，一弯凄清的月牙，一个孤独的人影，真的，还不如把我关在草棚里写检查更好受些。

就在这时候，我听见前面不远的地方传来了唰唰的声音。起初，我以为是风渐大了，吹过豆秸的声响；但仔细听，不像，因为那唰唰的声音很有节奏。我站在豆地里，很有些奇怪，想再好好听听，怕是钻出来一条獾或狐狸。这在北大荒的秋夜里，是常有的事。

很快，一个人头在豆秸上浮动，是一头长长的秀发，暗淡的月光下勾勒出朦胧的轮廓。是个女人。很快的速度，她前面的豆子纷纷倒地，她扬起脸来，站在我的面前，笑了，嘴唇上露出两颗小虎牙，秀气的脸上淌着汗珠，月光下，晶莹透亮。娇小玲珑的身材，和四围阔大无边的豆地和幽幽的黑夜，对比得那么不成比例，那么醒目。

我认出她来，是刚从北京到我们队上六九届的小知青，那一届的北京学生连锅端，都去各地插队，她班上大多数的同学来到我们二队。她刚到我们队才两个多月，我没有和她说过一句话，甚至叫不出她的名字。很久很久以后，她对我说，她刚来到我们队上，第一次见到我时，是我独自一人坐在树下笨手笨脚地缝衣服，我们队上的农业技术员老韩远远地指着我对她说："他是北京二十六中的高中生，很有才，工作组正整他！"就是这简单的"很有才"三个字害了她，让她竟然割完了自己的那一垄豆子之后，又跑过来帮我割。

我在北大荒整整六年，割过很多次豆子或麦子，这是第一次也是唯一一次有人帮助我割豆子。是这样一个娇小的小姑娘，刚来我们队两个多月的小姑娘，和我从来没有说过话的小姑娘。

割完了一垄豆子，要往回走八里地，才能回到队上吃晚饭。路上，她把她手上戴着的一副手套递给我，说豆子扎手，戴上手套好些。我看看手套，是一副白线手套，但每个手指上都粘有一小块黑色的胶皮。刚要对她说："给了我，你戴什么？"她就说话了："我还有。"就这样，我们一起走了八里地的夜路，上弦月在我们的头顶，无边的荒原在我们的脚下。我们再没有说一句话，就这样默默地走着。

那时候，我不知道，她更不知道，为此她要付出代价。

事后，我才知道，因为她和我的接触，引起队上头头和工作组的注意。他们的联想和想象力，远比我更为丰富。一对年轻男女在旷野豆地又是在幽暗的黑夜里相遇，八里地的长途漫步，以后又频繁往来，接下来发生的事情，不是顺理成章吗，还要费口舌再去说吗？男女关系，在那个时代里，是一件最见不得人的事情，也是最容易置人于死地的撒手锏。

于是，工作组找她谈话，为了增加震慑力，也为了确保一战功成，工作组特意请来了农场保卫处的处长坐镇。如果这个男女关系的问题坐实，我就真的成了一头过年的猪，只能老老实实引颈等候处理的那最后一刀了。

那一晚，是数九寒冬北大荒最冰冷的时候，纷纷扬扬的大烟炮，没有阻挡保卫科长从十六里外的农场场部赶到我们的队上。在和知青宿舍一道之隔的队部里，一盏昏黄的马灯前，保卫处的处长、工作组的组长、我们二队的队长，几个大老爷们儿，对付一个娇小的小姑娘。尤其让我无法想到的是，保卫处的处长居然掏出他的手枪，一下拍在桌子上，叫喊着，非要让她交代出和我有男女关系的事情。尽管她知道这不过是为了吓唬她而用的道具，她还是被吓得直哭。再逼问她，她说了句："根本没有的事，我交代什么。"任凭他们怎么红白脸轮番上阵，她只是哭，再不说一句话。

那一年，我二十二岁，她还不到十七岁。很多时候，我会想，如果那个风雪呼啸的夜晚，那盏昏黄的马灯下，那把拍在桌子上的手枪前，换成是我，我会怎么样？我能和她一样吗？

我们二队的队部，在以后的日子里，包括我在二队的时候，也包括1982年和2004年我两次重返北大荒回到我们二队，路过它的时候，我都没有再进去过。我对它充满厌恶。

由于她的坚持，我幸免于难。

第二年，刚刚开春的一个黄昏，我独自一人拿着饭盒，依然如丧家犬一样，垂着头往队上的知青食堂走，忽然觉得四周有许多眼睛聚光灯似的都落在我的身上。那种感觉很奇怪，其实我并没有抬头看什么，但那种感觉像是毛毛虫似的，一下子爬满我的全身。抬头一看，在我前面不远食堂的豆秸垛旁，站着一个姑娘，手里拿着一个铝制的饭盒。我不敢确定，她是不是在那里等着我。

是她，她可真会找地方，她身后的豆秸垛，是那样醒目，让我想起秋收她帮我割豆子接垄时相遇的那个结霜的夜晚。似乎那是一场戏的开头，这时候收割完的豆荚垛起来的豆秸垛，成了她特意选择的一个明亮的收尾。

那一刻，那个褐色有些像是经冬后发旧狍子皮的豆秸垛，被晚霞照得格外的灿烂，映照得像着了火一样的红。

食堂前是两大排知青宿舍，那一刻，宿舍所有的窗户都打开了，从里面探出了一个个脑袋，露出了一双双惊愕的眼睛，望着我们，仿佛要演什么精彩的大戏。我的心里都有些发毛，觉得芒刺在身，站在那里一动不动。她就那样向我走了过来，在众目睽睽之下，一直走到我的面前。我的脑子里一片空白，只是在想她的胆子也太大了，这种时候还和我那么亲热地讲话，就不怕沾包儿吗？

那时候，她才刚满十七岁啊。

什么叫作旁若无人？那一刻，我记住了这句成语，也记住了她和那个北大荒落日的黄昏，并且记住了那个在晚霞映照下像是着了火一样的豆秸垛。

那是1970年的春天，五十三年前的春天。北大荒的豆秸垛！

EX-LIBRIS

张玉虎藏书票 | 上海图书馆 2023.4.6.

荒草吟

　　和地道的乡村不尽相同，北大荒地处僻远，被一片荒原包围，人员是四面八方聚集而来，时间不长，因此少有传统意义上乡村固有的规矩与习俗，更具有一些如荒原上一望无际的荒草一样的狂野和自由，甚至还有一些肆无忌惮却不以为然的热情和放荡。

　　队里老职工的女人，一般是复员军人和山东支边的家属，虽然早就结婚生子，很多人都很年轻，比知青大不了几岁。从北京、上海等大城市陆陆续续来了那么多知青，男男女女，处于青春期，按捺不住的爱情，在队上的白天黑夜和角角落落里泛滥，不可能不对那些小娘儿们没有触动和刺激，让她们想起自己的恋爱季节，或后悔，或羡慕，或暗潮涌动，潜流隐起。

　　我们二队大老李的老婆，性情温和，不善言辞。在我的记忆里，什么时候见到她，都是温和地笑，那笑里带着她对任何人的友善，和低眉顺气的谦卑。这性格和大老李十分相似。大老李是康拜因手，人长得高大魁梧，是条英俊的汉子。从长相来说，他老婆和他很相似，个头儿和他一样很高，虽然身体有点发福，更有一种成熟女人的美，尤其是白皙的脸蛋上，长着一双丹凤眼，比大老李还要让人想多瞅上几眼。想想，那时候，她和大老李三十岁出头的样子，正是徐娘正好，风韵犹存的年华。

大老李不苟言笑，干活很投入，他那台红色的东风康拜因，被他侍弄得干干净净，即使是开春埋汰雪或夏天暴雨过后，干了一天活儿的康拜因跟个泥猴似的，下班之后，他也会把它收拾得光可鉴人。这一点，他老婆和他也很相似，爱干净，她有两个孩子，一个刚上小学，一个还满地爬，都是淘气的年龄，但家里家外，大人孩子，只要是出门，什么时候都是干干净净、利利索索的。人们都会夸赞是他老婆的功劳。

在我们二队，这是一对夫唱妇随、让人羡慕的夫妻。当然，除了羡慕，也有人嫉妒，甚至垂涎。据说，也有个别的坏小子，趁着大老李不在家的时候，半开玩笑心怀叵测地故意挑逗过她，都被她呵斥，像撵狗一样给撵出院子。

谁也没有想到，这样一对模范夫妻，居然出事了。所谓出事，我们队上人们称作乱搞。男女关系的事情，风传得最快，可以说是寂寥荒原上的调味剂和娱乐节目。人们很长一段时间津津乐道，她和谁乱搞不成，非要和我们二队新来的队长乱搞！那个队长，人长得又矮又胖，跟个大冬瓜一样，和大老李一比，就像武松和武大郎，差得不是一个节气。这是让大家愤愤不平的事情。

　　一时间，这件事在我们二队传得沸沸扬扬。说老实话，起初，我是不大相信的。我觉得是这些人吃不着葡萄说葡萄酸的心理在作祟，故意编排人家大老李的老婆。

　　但是，这样一件事情发生过后，我不得不信，这件事是真的。

　　那一年冬天的夜里，大老李把他老婆浑身的衣服扒光，一通狠打，然后五花大绑，把她扔到院子里。数九寒天的严冬呀，北大荒夜里朔风凛冽，有零下二十度呀，不是一般的冷，而是如同熊瞎子的巴掌拍过来一样厉害呀！大老李壮得跟牛犊子似的，他老婆怎么禁得住这样一通打？如果他老婆和队长的事不是让大老李手拿把掐地坐实，平素里那样温和、笑眉笑眼的大老李，怎么可能气昏了头，出此狠手？兔子急了还咬人呢，人们发出感叹之后，也就都原谅了大老李的粗暴，把屎盆子理所当然地扣在了他老婆的头上。

我同情大老李，也同时埋怨大老李，你真有能耐，有火气，冲新来的队长发去呀？干吗就会冲自己的老婆发？

我一直到现在都不理解，大老李的老婆这么一个俊俏的小娘儿们，为什么放着河水不洗船，守着很多女人羡慕的大老李，非要找一个矮冬瓜？莫非就因为他是队长，但队长又算个什么狗屁官呢？

这样大半夜里把老婆像剃光了鱼鳞的鱼一样，光溜溜地扔进院子里的事情，虽然只是发生了有数的两三次，但是很快就传遍了全队。这几次都是邻居听见他老婆惨淡而柔弱的呼叫，以为是狼崽子叫，闯进自家的鸡窝呢，跑出屋，发现是她，赶紧跑进大老李的院子，抱着冻僵的她进屋，一个劲儿地埋怨大老李："这样做要冻死人的，可不敢再这样了！"大老李不说话，站在一旁，还在运气，两个孩子都被惊醒，挤在炕头，钻进被窝，不敢看，不敢吱声。

几乎所有的人都觉得，大老李和他老婆的日子快到头了。大老李也这样觉得，好几次借着酒劲儿，他这样说过。更有好多次，他开着开着康拜因，突然莫名其妙地憋了火。他像霜打的草，蔫了下来，曾经那么干净利落的一身衣服和同样干净利落的康拜因都无心打理，变得脏兮兮的了。一家子的日子，过的常常是清锅冷灶，少了生气。屋顶上的炊烟，也变得稀薄，没有以前的袅袅娜娜，带着灶火的香味。

我也觉得这一家子快要散伙了。谁想到，任凭大老李怎么骂，怎么甩脸子，他老婆从来不提离婚的事，照样每天早早起来做熟了早饭，照样伺候两个孩子和大老李。当然，她也不提和队长的事。好像一切都没有发生过，无论像是一个香梦，还是像一个臭屁，都已经消失得无影无踪。

大老李一直处在阴影里，难以走出来。我和大老李的老婆不熟，和大老李关系可以，趁着喝酒的机会，曾经将我的疑问问过他。他不好意思和我探讨这样的问题，只是说："谁知道呢！老娘儿们的心，你永远猜不透！"

大老李继续开他的康拜因。大老李的老婆继续每天伺候他和孩子。

不过，锔过的饭盆，毕竟不像以前那样光鲜照人了。大老李的老婆恢复以前的样子，低眉顺眼，伺候一家子头头是道。大老李却像是吹落的树叶子，回不到以前的枝头上了。没事的时候还好，酒喝多了就控制不住自己，脾气变得越来越坏。

那时，我年轻，世事未谙，弄不懂人间好多的事情，简直就像瞎老婆织的破渔网，这个网眼和那个网眼，交错在一起，无法数清，也无法说清。

我离开北大荒大约十多年之后，忽然传来了消息：有一天收工，大老李从康拜因走下来，没走几步，突然一个跟头栽倒。开始，没有当回事，以为是干活累了。没过多久，竟然瘫在床上，再也起不来了。我真是难以相信，那时候，他的年纪还不到五十岁呀，平常身体那么强壮，把庞然大物的康拜因调教得跟一个儿童玩具，把他的老婆像扔枕头一样扔到院子的一个人，怎么说倒就倒下了呢？

听说，每天吃喝拉撒睡，都是他老婆一个人忙乎。他的两个儿子大了，都不在身边。去医院看病，也是他老婆把他从屋子里背到院子外面，一直把他背到车上。很难想象，一个那么瘦弱的女人，怎么背得动大老李那样一个大块头！

就这样，老婆日复一日地伺候了他三年多。

大老李的生活已经无法自理，连洗脸洗脚洗澡都要老婆帮忙。我曾经庸俗甚至不怀好意地猜想过，洗澡的时候，他老婆脱光了他的衣服，是否曾想过当年被他扒光了衣服扔到冰天雪地的院子里的情景？她就从来没有想过报复他一下？或者羞辱他一下吗？

我不知道。或许，那只是我以小人之心度君子之腹吧。她根本没有想过要这样做。人这一辈子，谁都有马失前蹄的时候，谁都有软弱无助的时候。这种时候，大老李已经最弱不禁风，需要的是帮助，而不是报复。

多年以后，我重返北大荒，重返二队，特意到大老李家去看看。大老李和他的老婆早已经过世，他们的孩子离开农场到外地工作。大老李的那两间用拉禾辫盖的泥草房还在，只是破败不堪，成了废墟，四周长满荒草。

在北大荒，我见到最多的是荒草。荒草萋萋，触目皆是，铺天盖地，翻涌到天边，再被风吹回来，卷到我的脚下，簇拥在我的身旁，然后又被风吹走，吹远。往返回复，生生不息。

其实，荒草只是笼统的叫法，每一种荒草都有自己的名字。只是，我不知道，也不曾关心，也不曾认真向他人请教过它们的名字到底叫什么。荒原上的那些野花，老林子里的那些树木，也远比荒原上的草的名字，我知道得更多一些。

在北大荒，我知道乌拉草，号称北大荒三件宝之一：人参、貂皮、乌拉草。冬天将它们絮在鞋子里，可以保暖。我还知道苜蓿草，当时，老乡常对我说去打羊草，就是苜蓿草，是用来喂牲口的，在北大荒很多，被苏联作家巴乌斯托夫斯基称作是"穿着打了补丁的灰衣服的穷姑娘"。

但是，我见过最多的不是乌拉草，也不是苜蓿草，是叫不上名字的荒草，很长、很粗，韧性很强。当地的老乡和我们知青的住房，都是用这种草和上泥，拧成拉禾辫盖起来的，再在墙的里外抹上一层泥，房顶上苫上一层草。别看是草房，冬天很保暖。我见过最多的是这种草，但是，我叫不出它们的名字，它们每一年黄了又绿，绿了又黄，自生自灭，自灭自生。即使最寒冷的冬天，它们枯黄单薄，被风肆虐吹得东倒西歪，也是顽强生长于荒原之上。它们任人们践踏，任人们芟割，又毫无索求地为我们服务。

　　我见过这些荒草，是荒原上最多的草，尽管我叫不出它们的名字。没有了这些荒草的存在，就没有荒原，也就没有了北大荒的存在。我始终认为，北大荒的一个"荒"字，是由这些无边无际的荒草汇聚而成的，就像运动会上的团体操，不起眼的那一点点，组合成了一个硕大无比的"荒"字。北大荒才像是一个巨大的花环，呈现在了我们的面前。

　　想起荒原上那些铺天盖地的荒草，我会想起大老李和他的老婆。他们和荒原同在，支撑起荒原弱小却也浑厚生命的骨架，他们构成了我青春岁月流逝不去的背景，汇聚成我回忆中最动人最难忘也最脆弱最让我想落泪的泪点。

北大荒的教育诗

一

　　四十五年前，我在我们二队的小学校里当了不到一学期的代课老师。说是小学校，就是两间用拉禾辫盖起的草房，其格局和当地农民的住房完全一样，只不过把烧柴锅做饭的外间，作为了老师的办公室兼住处。说起老师，除了校长，就我一个。低年级的课由校长教，我要教从四年级到六年级的语文、算术，包括美术和体育所有的课程。而且，这几个年级所有的学生都在一个班，在同一个教室上课，当地叫作复式班。忙前忙后，都是我一个人招呼。

　　应该说，我是一个不错的老师，学生们很欢迎我的到来，也很喜欢听我教课。

　　有一次，六年级算术课讲勾股定理，我带着学生到场院，阳光斜照下的粮囤，在地上有一个很长的阴影，等到影子和粮囤大约成四十五度夹角的时候，我让学生量量影子的长短，告诉他们影子的长度就是粮囤的高度。这种实物教学，让学生感到新奇。

那天放学后，教室里的学生都回家了，只留下一个小姑娘还坐在座位上，我走到她的身旁，问她有什么事情吗？她站了起来，说："肖老师，今天，我们在地上量影子的长短，就可以不用爬到囤顶上去量了。算术挺有意思，我想学算术。"我对她说："好呀，你好好学，上了中学，算术变成了数学，还有好多有意思的课。"她接着问我："如果我学好了算术，是不是以后可以当咱们队上的会计？"我说："当然可以了！"然后，我又对她说："你干吗非在咱们队上当会计呀，还可以到别处做很多有意思的工作呢！"

当时，说完这些空洞的却让我自己也感动的话之后，她满意地背上书包走了。我知道，她特意留在教室，就是为了问我这个问题的。一个大人看来简单的问题，对于一个六年级的孩子，却不简单，有时可能会影响她的一生。而一些看似美好的话，其实不过是一个漂亮的肥皂泡，漫长的人生中，不要说残酷的命运，就是琐碎的日子，也会粗粝地将孩提时的梦想灰飞烟灭。

四十五年过去了，我已经忘记了她的名字。只记得她是我们队上车老板的女儿，车老板是山东人，长得人高马大，她随她爸爸，长得也比同龄人高半头。在我教她的那一年里，我让她当算术课的课代表，她特别高兴，每天帮我收发作业本，她自己的作业写得非常整洁，算错的题，都会在作业本上重新做一遍。我知道，她最大的梦想就是以后可以当我们队的会计，她对我说过，这样就可以不用像她爸爸整天风里来雨里去赶马车了。她说她爸爸有时候赶车要赶到富锦县城，来回有一百多里地，要是赶上刮大烟炮，真的非常辛苦。她说得是多么实在，在她纯真的眼光里，充满着多么大的向往。抽象的算术，已经变成了一个看得见摸得着的会计，一种每天催促她努力的动力。

　　暑假快结束，等待新学期开学的一天晚上，我坐在办公室里备课，房门被推开了，进来的是她，手里提着一盏马灯，马灯昏黄的灯光把她的身影拉得很长，映在草房的墙上。我不知道她有什么事情，她读完六年级，小学已经毕业，再开学就应该到我们农场的中学读书了。我还没来得及问，就见她哭了起来，然后对我说："我爸爸不让我读中学了，肖老师，你能不能到我家去一趟，跟我爸爸说说，劝劝我爸爸让我去场部读中学！"

沿着队上那条土路，我跟着她向她家走去。她在前面带路，手里的马灯一晃一晃的，灯捻被风吹得像一颗不安的心不住摇摆。但那时候，她显得很高兴，仿佛只要我去她家，她爸爸一定就会同意她去场部中学读书。一路走，看着前面马灯灯光下她拉长的身影，像一条草蛇在夜色中游弋，我对去她家的结果充满担心。

　　果然，车老板给我倒了一杯用椴树蜜冲的蜂蜜水，然后果断拒绝了我替她的求情。车老板只是指指在炕上滚的三个孩子，便不再说话。我刚进门时还对他说："孩子想读中学，学更多一些知识，她想以后当一个会计……"我明白了，他现在不需要一个会计，只需要一个帮手，帮他拉扯起这一个家。

　　离开车老板家，她提着马灯送我，我说不用了，她说路黑，坚持要送。我拗不过她，一路她不说话，一直到小学校。我正想安慰她几句，她忽然扑在我的怀里，嘤嘤地哭了起来。马灯还握在她的手里，在我的身后摇晃着。不知怎么搞的，在那一刻，风把马灯吹灭了。那一刻，让我真的有些心惊，她也止住了哭声，只对我说了句："我当不了会计了！"

　　不知道该如何安慰她，我帮她把马灯拾起来，进房拿出火柴帮她把马灯重新点亮，看着她走远，影子一点点变小。马灯光在北大荒的黑夜里闪动着，一直到完全被夜色吞没。

那天夜里，她扑进我的怀里嘤嘤的哭声，在我的耳边久久没有散去，我动了恻隐之心，第二天晚上，我再次来到车老板的家里。她和她爸爸都没有想到我突然的造访，我看见她惊讶又带有一丝喜悦的目光，也看见车老板麻木而不动声色的眼光，从我的身上立刻扫向他手中的酒杯。

这一次，我改变了策略，不再晓之以理、动之以情，而是劈头盖脸数落了车老板。我说他："太自私，只想着让女儿替自己分担家务的沉重，好让自己活得轻松些，根本不考虑孩子的前途。"我说："这孩子爱学习，成绩又很好，是块学习的材料，你就这样轻而易举地不让她接着读中学了，她一辈子的前途就断送你的手里了，她长大了以后，不恨你吗？你自己不后悔吗？"我又说："谁家没有一本难念的经？就你家有？有经难念，就非得打孩子的主意？过去人说就是砸锅卖铁也要供孩子读书，你可倒好，让孩子砸锅卖铁帮你干活！"……

这些话，我在一路上就打下了草稿，像舞台上念台词似的，一泻千里，说得不仅让车老板和他的女儿惊呆了，连我自己都感到诧异，但十分的痛快，感觉良好，仿佛真的当了一回救世主。

说完这番话，我转身就走，不再停留。这一番话，雨打芭蕉一般，打得车老板愣愣地待着那儿，大概他一辈子也没有人敢对他说这样的话。

我痛快淋漓地离开他家，往学校走去。刚走一会儿，听见背后有人叫我："肖老师！"回头一看，是车老板的闺女，手里提着马灯，一灯如豆，晃晃悠悠的，远远地看去，像是夜风中闪动的一只萤火虫。

她气喘吁吁地跑到我的面前，对我说："我送送你！"我对她说："不用了，赶紧回家，看看你爸爸什么反应，要是态度有点变化，你好趁热打铁！"她却叹口气说："谁知道呢？我爸他一根筋！我还是送送你，前面的路上有一个大粪坑，天黑，你路不熟，我怕你掉进去！"

她坚持把我送到学校。一路上，我看她一会儿显得有些轻松的样子，一会儿又心事重重的样子，我想劝慰她，但一时没有了词，好像要说的话，在她家都说干净了。就这样，一直走到了学校草房前，看着她的身影在马灯的映照下，打下一道瘦长的影子，随着风吹马灯不停在晃动，一时心里五味杂陈。我拍拍她瘦弱的肩头，说："回家吧，有事的话再找我！"

望着她转身回家的背影，望着她手中的马灯微弱的灯光消逝在浓重的夜色中，我的心里忽然很沉重。我不知道在她家说的那番话会有什么效果，很有可能只是宣泄了我一时的痛快，满足了我自以为是的感觉，车老板依旧如故，这些空洞话，根本打不起一点分量，只是像水流进石板地上，渗不进一点一滴。

事后好久，我才听说，那天回家路过大粪坑，她掉了进去。我猜想得到，她肯定在走神。

几天过后的一个晚上，车老板急匆匆地跑到学校里找我，说他闺女好几天不吃不喝，病倒在床上，他和他老婆一点招儿都没有了，想起了我，说闺女就听我的话，让我去他家劝劝孩子。

我跟着他来到他家，孩子瘦了一圈，躺在炕上，看见了我，拉着我的手说："我爸他就是一根筋，说什么也不让我上学，不上学，活着还有什么意思？"她说得有气无力，一边说，一边掉下了眼泪。我劝她吃点东西，她不吃，最后，我说："你爸刚才都跟我说了，同意你去场部上中学，你干吗还要饿自己的肚子？"她不信，我也不信，我只是心血来潮，随口这么一说，想让她先吃饭再说。她问他爸爸："是真的？"没有想到车老板顺水推舟，还真的点了点头。

暑假过后要开学了，车老板的孩子要去场部中学读书了，离我们二队十六里远，要住校。那时，我被调到场部中学教书，和她同路，车老板赶着马车，装上行李，送我们一起上路。一路上，孩子显得非常高兴，车老板却一直一张驴脸拉得老长，一声不吭。下车的时候，我把他拉到一边，悄悄地塞给他十元钱，说："钱不多，孩子刚上中学，给孩子买个书包，你没看她的那个书包破得什么样子了吗？"他连说："我怎么能要你的钱呢？你一个月才三十二块钱的工资。"我说："要是嫌少你就给我拿回来！再有，当着孩子的面，别老耷拉着一张驴脸，有再大的难处，自己咽进肚子里！你是她爹，她不是你冤家！"

我还没有到新学校上课，先给车老板上了一课，自我感觉良好地和他告别了。

一别多年，车老板的闺女，在场部中学，我倒是常见，车老板，我再没有见过。

2004年夏天，我重返北大荒，又回到我们二队，打听车老板和他的女儿，乡亲们告诉我，车老板一家早就搬走，回山东老家去了，不知道他们的消息。我又问他是什么时候搬走的；搬走的时候，她闺女从场部中学毕业了吗。乡亲们说他们是在他闺女初中毕业之后走的。我心里稍稍松了一口气，能坚持到初中毕业，已经很不容易了。算一算，车老板的女儿如今应该四十多岁，她自己的孩子，也该到了她当初读中学的年龄了。只是不知道她当没当成她梦想中的会计。

我教书的那个小学校居然还在，一间普通拉禾辫的草房，居然能够挺立那么长的时间，比人的寿命都长。那天晚上，我走到我的小学校房前，不再用马灯了，房里面电灯明亮。我的身影映在窗子上，分外明显。就听一声清脆的声音："肖老师来了！"从房里面传出，紧接着，从里面走出来一个小姑娘和她的父亲，小姑娘和当年车老板的闺女大小差不多，让我一下子有一种恍然如梦的错觉，好像迎面向我走过来的，就是车老板的闺女。孩子的父亲告诉我他们是来收麦子的麦客，暂时住在这里。小姑娘对我说："早听说你要来，我学过的语文课本里有你的文章！"然后，她又好奇地问我："他们说以前这里是小学校，你就在这里当老师教书，是真的吗？"

那一刻，我忽然有些语塞，因为我有些走神。我想起了车老板的闺女。

二

我们二队最初建立的时候，开出了西南头最边上的一片荒地作为菜地。菜地里种的最多的是土豆。那时，各家不兴自留地，全队的人都得靠这片菜地吃菜。秋收土豆的时候，各家来人到菜地，一麻袋一麻袋把土豆扛回家，放进地窖里。土豆是东北人的看家菜，一冬一春吃的菜大部分靠着它。

土豆夏天开花，土豆花不大，也不显眼，要说好看，赶不上扁豆花和倭瓜花。扁豆花，比土豆花鲜艳，紫莹莹的，一串一串的，梦一般串起小星星，随风摇曳，很优雅的样子。倭瓜花，黄澄澄的，颜色本身就跳，格外打眼，花盘又大，很是招摇，常常会有蜜蜂在它们上面飞，嗡嗡的，很得意地为它唱歌。

土豆花和它们一比，一下子就站在下风头。它实在是太不起眼。因为队上种的土豆占地最多，被放在菜地的最边上，土地的外面就是一片荒原了。在半人高的萋萋荒草面前，土豆花就显得更加弱小得微不足道。刚来北大荒那几年，虽然夏天土豆开花的时候，常到菜地里帮忙干活，或者到菜地里给知青食堂摘菜，或者来偷吃西红柿和黄瓜，但是，我并没有注意过土豆花，甚至还以为土豆是不开花的。

我第一次看到并认识土豆花，是我在队上的小学校里当代课老师的时候。

三个高年级的学生，年龄都稍微大些，正是淘的时候，比低年级的孩子难管，鸡呀鸭呀挤在一个课堂里上课，常常是按下葫芦起了瓢，闹成一团。应该说，我还是一个负责的老师，很喜欢这样一群闹翻天却活泼可爱的孩子。所以，当有一天发现五年级的一个女孩子一连好多天没有来上课的时候，心里很是惦记。一问，学生七嘴八舌嚷嚷起来："她爸不让她上学了！"

为什么不来上学呢？在当地最主要的原因是家里孩子多，生活困难，一般家里就不让女孩子上学，提早干活，分担家里的困难，这些我是知道的，在我们二队是常见的事情。那时候，我的心里充满自以为是的悲天悯人的感情和年轻涌动的激情，希望能够帮助这个女孩子，说服她的父母，起码让孩子能够多上几年学，便在没有课的一天下午向这个女孩子家走去。

　　这已经不是我第一次自以为是向辍学的学生家中走去了，不管成败，如同只问耕耘不问收获一样，很多次去学生家苦口婆心或慷慨陈词，自己让自己的心舒展得如同一片恣肆汪洋的大海，澎湃不已。那时候，特别讲究说解放天下三分之二受苦受难的人民，便以此为己任，并不知道这三分之二的人之中，其实也包括自己。

　　她是我们队菜地老李头儿的大女儿。说是穷人的孩子早当家，其实是孩子中的老大尤其是女孩子中的老大早当家。她家就住在菜地最边上，在荒原上开出一片地，用拉禾辫草草盖起的茅草房。那草房低矮简陋，是队上最差的房子。

　　那天下午，老李头儿的女儿正在菜地里帮助她爸爸干活，大老远地就看见我，高声冲我叫着肖老师，从菜地里跑了过来。看着她的身上沾着草，脚上带着泥，一顶破草帽下的脸膛上挂满汗珠，心里想，这样的活儿，不应是她这样小的年纪的孩子干的呀。

我跟着她走进菜地，找到她爸爸老李头儿，老李头儿不善言辞，但顶着大太阳很有耐心地听完我劝他让女儿继续上学的话，翻来覆去只是对我说："我也是没有办法呀，家里孩子多，她妈妈又有病。我也是没有办法呀！"他反复说着这几句话的时候，手不停地指着身后那间破草房。我知道，他的病老婆就瘫卧在那间破草房里。

她的女儿眼巴巴地望着我，又望着他。一肚子的话都倒干净了，我不知道该再说什么好，竟然出师不利。当地农民强大的生活压力，也许不是我们知青能够想象的，在沉重的生活面前，同情心打不起一点分量。

那天下午，我不知道是怎么和老李头儿分手的。一种上场还没打几个回合就落败下场的感觉，让我很有挫败感。老李头儿的女儿一直在后面跟着我，把我送出菜地，我不敢回头看她，觉得有些对不起她。她是一个懂事的小姑娘，她上学晚，想想那一年她有十三四岁的样子吧。走出菜地的时候，她倒是安慰我说："没关系的，肖老师，在菜地里干活也挺好的，您看，这些土豆开花挺好看的！"

我这才发现，我们刚才走进走出的是土豆地，她身后的那片土豆正在开花。我也才发现，她头上戴着的那顶破草帽上，围着一圈土豆花编织的花环。这是我第一次看到土豆花，那么的小，小得不注意，几乎会忽略掉它们。淡蓝色的小花，一串串的穗子一样串在一起，一朵朵簇拥在一起，确实挺好看的，但在阳光的炙烤下，像褪色了一样，有些暗淡。我望望她，心想她真是个孩子，居然还有心在意土豆花。

前两年的夏天，我有机会回北大荒，过七星河，到大兴岛，直奔二队，一眼看见了队上那一片土豆地的土豆正在开花。过去了已经几十年了，土豆地还在队上最西南边的位置上，土豆地外面还是一片萋萋荒草包围的荒原。真让人觉得时光在这里定格。

唯一变化的是土豆地旁的老李头儿的茅草房早已经拆除，队上新盖的房屋，整齐排列在队部前面的大道两旁，一排白杨树高耸入天，摇响巴掌大的树叶，吹来绿色凉爽的风。我打听老李头儿和他女儿。队上的老人告诉我老李头儿还在，但他的女儿已经死了。我非常惊讶，他女儿的年龄不大呀，怎么这么早就死了。他们告诉我，她嫁人搬到别的队上住，生下两个女儿，都不争气，不好好上学，老早就退学，一个早早嫁人，一个跟着队上一个男孩跑到外面，也不知去了哪儿、去干什么，再也没有回过家。她呀，是活活地让两个闺女给气死了。

我去看望老李头儿，他已经病瘫在炕上，痴呆呆地望着我，没有认出我来。不管别人怎么对他讲，一直到我离开他家，他都没有认出我来。出了他家的房门，我问队上的人："老李头儿怎么痴呆得这么严重了呀？没去医院瞧瞧吗？"队上的人告诉我："什么痴呆，他闺女死了以后，他一直念叨，当初要是听了肖老师的话，让孩子上学就好了，孩子就不兴死了！他好多天前就听说你要来了，他是不好意思呢！"

在土豆地里，我请人帮我拍张照片留念。淡蓝色的、穗状的、细小的土豆花，在这片遥远得几乎到了天边的荒原上的土豆花，多少年来就是这样花开花落，关心它们，或者偶尔之间想起它们的人会有多少呢？

世上描写花的诗文多如牛毛，由于见识的浅陋，我没有看到过描写土豆花的。一直到二十世纪九十年代，看到了东北作家迟子建的短篇小说《亲亲土豆》，才算第一次看到了原来还真的有人对不起眼的土豆花情有独钟。在这篇小说的一开头，迟子建就先声夺人用了那么多好听的词描写土豆花，说它"花朵呈穗状，金钟般吊垂着，在星月下泛出迷离的银灰色"。这是我从来没见过的对土豆花如此美丽的描写。想起在北大荒时，看过土豆花，却没有仔细观察过土豆花，竟然是开着倒挂金钟般穗状的花朵。在我的印象里，土豆花很小，呈细碎的珠串是真的，但没有如金钟般那样醒目。而且，我们队上的土豆花，也不是银灰色的，而是淡蓝色的。现在想一想，如果说我们队上的土豆花的样子，没有迟子建笔下的漂亮，但颜色却要更好看一些。

让我没有想到的是，迟子建说土豆花有香气，而且这种香气是"来自大地的一股经久不衰的芳菲之气"。说实话，在北大荒的土豆地里被土豆花包围的时候，我是从来没有闻到过土豆花有这样不同凡响的香气的。所有的菜蔬之花，都是没有什么香气的，无法和果树上的花香相比。

在这篇小说中，种了一辈子土豆的男主人公的老婆，和我一样，说她也从来没有闻到过土豆花的香气。但是，男主人公却肯定地说："谁说土豆花没香味？它那股香味才特别呢，一般时候闻不到，一经闻到就让人忘不掉。"或许，这是真的，我在土豆地，都是在一般的时候，没福气等到过土豆花喷香到来的时候。

看到迟子建小说这里的时候，我突然想起了老李头儿的女儿，她闻得到土豆花的香气吗？她一定会闻得到的。

三

我们场部中学在场部工程队的后面，是一个四方形的校园，没有围墙，四面都是新盖起来的红砖房子，天然围成了一个开放型的校区。在当时，除了场部办公室，那是最好的房子了。在我们二队，还都是拉禾辫的草房，没有一间砖房呢。

我就在靠西的那一排房子中的一间教室里，教高二一个班的语文。在这所学校里，我做的最得意的事情，是在班上成立了一个文学小组。可以毫不夸张地说，这不仅是全场部中学也是我们大兴岛第一个也是唯一一个文学小组。

说来有意思，我组织这个文学小组的一个主要目的，是针对当时班上的一个学生。是个男学生。他非常调皮，屁股底下像安了弹簧，总也坐不住，上课时候经常乱窜、捣乱，我批评他，他坐在靠窗的座位上，不高兴了，翻身一越，从窗户跳到外面，你追到教室外的时候，他早跑没影儿了。他这样一闹，全班哈哈大笑，一堂课甭想上安稳了。

我得想办法驯服这头撂腿就蹦的小毛驴。我让这头小毛驴当我语文课的课代表，看他挺高兴，收作业，发作业，积极性很高，对语文学习的兴趣也渐渐浓了起来。紧接着，我成立了这个文学小组，让他当文学小组的组长，每次活动的时候，负责招呼同学。我希望通过这样的活动，趁热打铁，进一步巩固加强他对语文刚刚产生的兴趣，然后让他树立起学习的信心。

我发现他当上了这个课代表和小组长之后，比班上别的干部还要负责，大小事都是他张罗，拎着鸡毛当令箭，像那么回事似的。开始参加小组活动的人有十几个，后来到二十多个，全班一半以上的同学都参加了，不能不说是当时学校的一大新闻。

那时，没有电视，晚上的文化活动很少，他们并不清楚文学小组究竟是干什么的，只是当成了一种玩，无形中让寂寞的晚上多了一些调剂的内容。

文学小组的活动，不外乎读一些语文课本之外的文学作品，然后，我讲解一下它们的可读之处在哪里。我找到一本李瑛新出版的诗集《红花满山》，从中挑选了一些诗，油印出来给大家看。另外，那时我们的《兵团战士报》有个"北国风光"的文学副刊，常刊登一些知青写的诗歌散文小说什么的，我也会拿来给大家读。有时候，《兵团战士报》上也会刊登我写的一些东西，他们读起来更来劲，东一榔头，西一棒子，好奇地问我很多问题，即使风马牛不相及，十分好笑，却也让他们对文学感上了兴趣，觉得又神秘，又好玩。

那时，他们是多么的小，而我还算得上年轻。四十多年的时间过去了，班上这些同学，我见到的很少，只有我的课代表会来北京，见过好几次。如今，他在法院工作，在他们单位的小报上偶尔写点诗，他的儿子都已经结婚了。说起往事，他总是比我还要兴致盎然、满眼放光。他记得最多也最清楚的，是有一天晚上天忽然下起了暴雨，我还是先到了教室，但望着窗外的暴雨如注、雷电闪动，心里对这晚上的文学小组的活动不抱什么希望了。这么大的雨，通往学校的路都是泥路，早都陷得坑坑洼洼的泥泞一片了，而且没有一盏路灯，黑漆漆的吓人。即使孩子想来，家长也不让来了呀。可是，同学们竟然还是一个个都来了，最早来的是我的课代表。

他对我说："当时你坐在讲台桌上。"——我想起来了，我是坐在讲台桌上，当我看到我的课代表披着一件厚厚的军用大雨衣，打着手电筒，出现在教室门口的时候，我高兴得一下子从讲台桌上蹦到了地上。我看见他穿着一双大号的高筒雨鞋，显然是穿的他爸爸的，那双雨鞋上面的筒口宽大，灌进了雨水，他脱下雨鞋，往外倒水，水很快洇湿了教室里的泥地面，洇成一片，我笑它像小孩尿炕的地图。他听了咯咯地笑。

没过多大一会儿，同学们打着伞的打着伞，穿着雨衣的穿着雨衣，陆陆续续地来齐了。手电筒在暴雨中忽闪忽闪的，让那个夏天暴雨的夜晚充满暖意。

"当时，你对我们说，这暴雨中的手电光，就是诗。"我的课代表现在还清晰地记得，他这样对我说。他说得没错，或者说我当时说得没错，那就是诗。那是属于他们的诗，也是属于我的教育诗。

他这么一说，往事一下子迅速复活。我的课代表还对我说了这样一件事："还有一天晚上，场部里演露天电影，就在工程队的院子里，离学校很近，能够从我们教室的窗户里看到那里银幕上的闪动，听见电影里的声音。那天晚上我们文学小组活动，没有一个同学去看电影，相反，后来我们的活动倒把好多看电影的人吸引了过来，跑到教室里听你讲诗。"

这件事情，我倒是真忘得一干二净了。"真的吗？"我有些不相信。

但他肯定地说："保证没有错。我记得特别清楚，那天晚上放的是罗马尼亚的电影《多瑙河之夜》。"

许多往事，自己早已经忘记，沉睡在过去的阴影里，往往是别人的回忆把它们唤醒，别人的回忆像光一样照亮它们，也照亮自己的回忆，它们才会这样像鱼一样游来游去，游到我的面前，带来过去年月里水花的湿润，水草的腥味，还有那时的星光月色映照在水面上的粼粼闪光。

我真的非常怀念我在学校的那段日子，怀念那个暴雨如注的夜晚，怀念那个放罗马尼亚电影《多瑙河之夜》的夜晚，怀念所有那些个有星星还是没有星星，有风雪还是没有风雪的夜晚。

如今，当年我教书的那些教室早已经拆除，新的大兴农场的中学，已经是一座漂亮的大楼。世事沧桑变化之中，大兴岛早已经不是当年的模样，我们二队连同那所小学校早已经没有了，被一片麦田和豆地所覆盖。曾经燃烧过我青春岁月的日子，随着地理的变化而变得摇曳多姿，显得那样的遥远而不真实一样。

不知为什么，我还是常常想起我曾经教过书的那两所学校。我常常会想起，开春道路翻浆时学校前面路口，我守候在那里等待着学生们的到来；我也会想起，夏夜里闪烁在学校的门前那盏北大荒独有的马灯昏黄的灯光，和夏天土豆地里那个草帽上插着淡蓝色的土豆花，向我跑过来的小姑娘；我也常常想起暴雨如注的夜晚，一盏盏亮在雨雾中的手电筒，和放映电影《多瑙河之夜》的夜晚，我给学生讲李瑛的《红花满山》的情景……那些个白天，那些个夜晚，总会一一浮现在我眼前，像是春天的地气一样，在遥远的地平线上袅袅地升起来，弥漫在我的身旁，让我想起了那些个夜晚和那些个白天，是那样真实，可触可摸，含温带热，甚至能够感受到它们涌动的气息，春天水泡子里冒出的气泡似的，汩汩地涌到身边，温馨而动人。

那个多雪的冬天

　　许多眼前的事情，忘记得很快、很干净，相反，许多遥远的事情，却记得很牢，清晰得犹如昨天刚刚发生过的一样。1970年，我在北大荒抚远一个叫作大兴岛的猪号喂猪。猪号在农场最偏僻的地方，一般人很少到那里去，因为再往外走，就是一片无边无际的荒原。那一年，为了替几个被错打的"反革命"鸣冤叫屈，我自己差点没被一锅烩了。幸免于难之后，我被发配到猪号，那里除了一个叫小尹的山东汉子和我，再有就是一群猪八戒。冬天到来的时候，大雪一封门，我更是无处可去，只好闷在猪号里，随着雪飘来风打来，寂寞无着地一天天数着日子过。为了打发无所事事的光阴，特别是对付常常夜晚睡不着觉时袭来的心灰意冷和不期而至的暴风雪扑窗的号叫，我找了一个学生做作业的横格本，拿起了笔，买了一盒鸵鸟牌墨水，开始写一点东西。我最初的写作就是从那时开始的。

我一直认为，爱情和写作是那个时代我们这些处于压力和压抑中的知青两种最好的解脱方式。在没有爱情的时候，我选择了写作。收完工，把猪都赶回圈，将明天要喂猪的饲料满满地糊在一口硕大无比的大铁锅里，我和小尹也喂饱自己的肚子，我就可以拿出我的那个横格本开始写作了。我和小尹住在糊猪食的饲养棚旁边的一间用拉禾辫编的土房里。每天开始写作的时候，小尹都帮我把马灯的捻儿拧大，然后跑到外面的饲养棚里，往糊猪食的灶火里塞进南瓜。当他把烤好的南瓜香喷喷地递到我的面前，往往是我写得最来情绪的时候。那真是一段神仙过的日子，让我自欺欺人地暂时忘却了一切的烦恼，几乎与世隔绝，只沉浸在写作的虚构和虚妄之中。

我把那个横格本写满，写了整整十篇散文和小说。写作时的那种快乐和由此弥漫起来的虚妄一下子消失了，因为那时所有的文学刊物都已经被停办，所有报纸上也没有了副刊。我有一种拔剑四顾茫然一片的感觉，找不到对手，找不到知音，我写的这些东西也找不到婆家，它们的作者是我，唯一的读者也只是我。我不知道自己写的这些东西的价值，是不是我想象中的文学，还值不值得再继续写下去。如果这时候能够有一个人为我指点一下，那该多好。但是，那时，我能够找谁呢？我身边除了小尹和这群猪八戒，连再见一个人的机会都难，到农场场部穿小路最近也要走十八里地。窗外总是飘飞着大雪，路上总是风雪茫茫。

一个熟悉的老人，在这时候突然出现在我的脑海里，那就是叶圣陶先生。其实，我和叶老先生只有一面之缘，我能够找他，麻烦他老人家吗？我读初三的时候，因为一篇作文参加北京市作文比赛获得了一等奖，叶老先生曾经亲自批改过这篇作文，并约请我和另外一个同学到他家做客。只是见过这样一次面，好意思打搅人家吗？但是，我不死心，最后，我从那十篇文章中挑选了其中的第一篇《照相》，寄给了叶圣陶先生的长子叶至善先生。当然，这更有些冒昧，因为我只是在初三那年拜访叶圣陶先生的时候见过叶至善先生一面，他只是在我进门的时候和我们打了一个招呼，送我们走进叶圣陶先生的房间而已，甚至我们都没有说过什么话。但我知道他那时候是中国少年儿童出版社的社长兼总编，是一位自1945年就开始在开明书店工作的经验丰富的老编辑，也是一位有名的作家，他和叶至诚、叶至美三兄妹合写过《三叶集》，我还在上小学的时候看过他写的科幻小说《失踪的哥哥》。跑了十八里地，把信和稿子寄出去了，我不知道会有什么结果。因为我不知道他会不会还记得八年前曾经到他家去过的一个普通的中学生？

没有想到，我竟然很快就接到了叶至善先生的回信。我到现在还清晰地记得那天的情景，我们的信件都是邮递员从场部的邮局送到队部，我们再到队部去取。那天黄昏，是小尹从队部拿回来信，老远就叫我的名字，说有我的信，到那时我也没觉得会是叶先生的回信。接过信封，看见前面的是陌生的字体，下面一行却是熟悉的发信人的地址：东四八条71号。我激动得半天没顾得上拆信。我当时只是一个普通的中学生，只是一个倒霉的插队知青，天远地远的，又在那么荒凉的北大荒，叶先生竟然那么快就给我回信了。许多不可能的事情，往往就这样发生了。

说来也巧，那时叶至善先生刚刚从"五七"干校回到北京，暂时赋闲在家，正好看到了我寄给他的文章。他在信中说他和叶圣陶老先生都还记得我，他对我能够坚持写作给予很多鼓励，同时，他说如果我有新写的东西，再寄给他看看。我便立刻马不停蹄地把十篇文章中剩余的篇章陆续寄给了他。他一点不嫌麻烦，看得非常仔细认真，以他多年当编辑的经验和功夫，对我先后寄给他的每一篇文章，从构思、结构，到语言乃至标点都提出了具体的意见。我修改后再把文章寄给他，他再做修改寄给我，稿件和信件的往返，让那个冬天变得温暖起来，我的写作来了情绪，收工之后点亮马灯接着写，写好之后接着给他寄去，然后等待着回音，成了那些日子最大的乐趣和动力。他从来没有怪罪我的得寸进尺，相反每次接到我寄去的东西，都非常高兴，好像他并没有把我对他的麻烦当成麻烦，相反和我一样充满乐趣。每次看到他把稿子密密麻麻地修改后寄给我，在信中总会说上这样的一句话："用我们当编辑的行话来说，基本可以'定稿'了。"这话让我增加了自信，也让我看得出他和我一样的高兴。

让我最难忘的一次，是我接到他一封厚厚的信，在此之前，我从来没有接过他这样厚的信。我拆开来一看，是他将我的一篇文章从头到尾大卸八块地修改了一遍，怕我看不清楚，亲自替我重新抄写了一遍寄给我。望着他那整齐的蓝墨水笔迹，我确实非常感动。在我的写作生涯中，可以说我接受了叶圣陶和叶至善父子两代人如此细致入微的帮助，他们都是做了这样大量的工作，给予我如此看得见摸得着的指点，可以说是手把手引领我步入文学的领地。他让我感受到那个时代难得的无私和真诚，那种对文学和年轻人由衷的期待和鼓励，叶先生那一辈人宽厚的心地和高尚与高洁的品质，是我们这一代人永远难以企及的。

在叶至善先生具体的帮助指点下，我在那个冬天一共完成了两组文章："北大荒散记"和"抚远短简"。第二年春天，也就是1972年的春天，全国各地的报刊都在搞纪念毛主席的《在延安文艺座谈会上的讲话》发表三十周年的活动，征文成为最普遍的一种形式，我先拿出了那十篇文章的第一篇《照相》，装进信封里，只是在右上角剪一个三角口，不用贴邮票，先寄给了我们当地的合江日报，真的像叶先生说的那样："用我们当编辑的行话来说，基本可以'定稿'了。"很快就发表了。花开了，春天真的来了。新复刊的《黑龙江文艺》（即《北方文学》），很快在副刊号上也选用这篇《照相》（当时《北方文学》的编辑后来的副主编鲁秀珍同志亲自跑到我喂猪的猪号找我，当然，那是另一则故事了）。以后，我写的那两组文章中的不少文章也发表了，尽管极其幼稚，现在看起来让我脸红。但是，令我永远难忘的是，在我最卑微最艰难日子里，叶先生给予我的信心和勇气，让我看到了文学的价值和力量，以及超越文学之上的友情与真诚、关怀与期待的意义和慰藉。

可惜的是，如今的杂乱无章，我一时没有找到当初叶至善先生写给我的那些封珍贵的信，但我找到其中抄在我的笔记本上的一封——

复兴同志：

寄来的四篇稿子，都看过了。

《歌》改得不差，用编辑的行话来说，基本上可以"定稿"了。我又改了一遍，还按照我做编辑的习惯，抄了一遍。因为抄一遍，可以发现一些改的时候疏忽的地方。现在把你的原稿和我的抄稿一同寄给你。

重要的改动是第二页，把首长交给"我"的任务，改成："寻找作者，了解创作思想。"文章结尾并没有找到作者，可是这支歌的创作思想似乎已经说清楚了。这样改动勉强可以补上原来的漏洞。

有些地方改得简单了一些，如第一页，既说"到处可以听到"，似乎不必再列举地点。谁唱的这支歌，后文已经讲到，所以也删掉了。有些地方添了几句，是为了把事情说得更明白些。

关于老团长在南泥湾的事迹，我加了一句。用意在于表现一个普通战士，经过革命的长期锻炼，现在成了个老练的领导干部。

有些句子，你写的时候很用心思，可是被我改动或删去了，如"歌声串在雨丝上……""穿梭织成图画……"两句，不是句子不好，而是与全篇的气氛不大协调。

要注意，用的词和造的句式，在一般情况下要避免重复。只有在必须加强语气的时候，才特地用重复的词，用同样的句式。

《歌声》改得不理想，也许我提的意见不对头，也许是对要写的主角理解还不够深。是不是把这篇文章的初稿和我提的意见一同寄给我，让我再仔细想想，看问题究竟出在哪儿，有没有再做修改的办法。

《树和路》也不好，写这种文章需要高度的概括能力。没有什么情节，又不能说空话，即使是华丽的空话。是否暂时不向这个方向努力，还是要多写《歌》那样的散文，或者写短篇小说，作为练习。

《球场》那篇，小沫（叶至善先生的女儿——肖注）说还可以，我觉得有些问题，让我再看看，给你回信。

这三篇暂时留在我这里吧。

想起《照相》，我以为构思和布局都是不差的。不知你动手改了没有。主角给"我"看照片的一段要着力改好，不要虚写（就是用作者交代）的办法，要实写，也就是写主角介绍一张张照片的神态和感情，这种神态和感情，主要应该用他自己的语言来表达。我希望这篇文章能改好。如果再寄给我看，就把原稿和我提的意见一起寄来。

你的朋友之中，有没有愿意像你一样下功夫的，如果他们愿意，可以寄些文章给我看看。我一向把跟年轻作者打交道作为一种乐趣。

　　祝好。

叶至善

1971年

　　虽然已经过去了三十二年，这封信现在看，我相信对于一般人还是有意义的。对于我，更是充满着亲切而温暖的回忆。在那个多雪的冬天，盼望着叶先生的信来，是最美好的事情了。

鲫鱼汤

有些事很难忘记。大学毕业那年暑假，我回北大荒一趟。那时，知青返乡热还没兴起，我是我们生产队乃至全农场第一个回去的知青，乡亲们都还健在，心气很高。过佳木斯，过富锦，过七星河，我赶回我曾经待过的大兴岛二队的上午，队上已经特意杀了一头猪，在两家老乡家摆出了阵势，热闹得像准备过年。

几乎全队的人都聚集在那里，等着和我一醉方休。挨个乡亲，我仔细看了一周遭，发现只有车老板大老张没有来。我问："大老张哪儿去了？"几乎所有人都笑了起来，七嘴八舌地叫道："喝晕过去了呗！得等着中午见了！"

大老张是我们队上有名的酒鬼。一天三顿酒，一清早起来，第一件事是摸酒瓶子，赶车出工的时候，腰间别着酒葫芦，什么时候想喝，就得抿上一口。有时候，去富锦县城拉东西，回来天落黑了，他又喝多了，迷了路，幸亏老马识途，要不非陷进草甸子里，回不了家。

不过，大老张干活不惜力，他长得人高马大，一膀子力气，麦收豆收，满满一车的麦子和豆子，他都是一个人装车卸车，不需要帮手。需要帮手的时候，他爱叫上我，因为他爱叫我给他讲故事，他最爱听《水浒传》。我们俩常常为争《水浒传》里谁坐第一把交椅而掰扯不清，我说是豹子头林冲，他非要说是阮小二，因为阮小二是打鱼的，他家祖上也是打鱼的。那都是哪辈子的事了？自从他爷爷闯关东之后，他就会赶马车。

那时候，知道我和大老张关系不错，大老张老婆老找我，让我劝大老张少喝点。每一次劝，大老张都会说："停水停电不停酒！"然后，接着雷打不动地喝。

那天午饭，我也没少喝。两户人家，屋里屋外，炕上炕下，摆了好几桌，杀猪菜尽情地招呼，乡亲们问我这个人怎么样，那个人又怎么样，一个个的知青，都关心地问了个遍。就着北大荒酒的酒劲儿，乡亲们的热情，一浪高过一浪。

午饭快要结束的时候，院子里传来粗葫芦大嗓门儿，叫着我的名字："肖复兴在哪儿了？"一听，就是大老张，这家伙，真的是等到中午才来？早晨的酒劲儿过去了，又接着中午这一顿续上了？我赶紧起身叫道："我在这儿！"他已经走进了屋，大手一扬，冲我叫道："看我给你弄什么来了。"我定睛一看，他手里拎着两条小鱼。那鱼很小，顶多有两寸来长。他接着对我说："一清早我就到七星河给你钓鱼去了，今天真是邪性，钓了一上午，钓到了现在，就钓上这么两条小鲫瓜子！"说着，他把鱼递给身边的一个妇女，嘱咐她："去给肖复兴炖汤喝，我就知道你们什么吃的都有，就是没有鱼！"

有人调侃大老张："我们还以为你喝晕过去了呢！"大老张很一本正经地说："今儿我可是一滴酒还都没有喝呢，我说什么也得给咱们肖复兴钓鱼去，弄碗鱼汤喝呀！酒喝多了，鱼怎么钓？"这话说得我心头一热。自从认识大老张以来，这是他第一次一上午滴酒未沾。

鲫鱼汤炖好了，端上来，只有小小的一碗。炖鱼的那个妇女说："鱼实在是太小了！"大家都让我喝，"这可是大老张的一片心意！"这时候，大老张已经喝多了，顾不上鲫鱼汤，只管呼呼大睡。满是胡子茬的大嘴一张一合吐着气，像鱼嘴张开吐着泡泡；浑身是七星河畔水草的气味。

什么时候，有过一个人，整整一个上午，为让你喝上一碗鱼汤，而专门去钓鱼？我的心里有说不出的感动。单木不成林，一个地方，之所以让你怀念，让你千里万里想再回去看看，不仅仅是那个地方让你难忘，更是有人让你难忘。

我永远难忘那碗小小的鲫鱼汤，汤熬成了奶白色，放了一个红辣椒、几片香菜，色彩那样好看，味道那样鲜美。算一算，三十五年过去了，七星河还在，但是钓鱼的人不在了。那个唯一一个上午忍着酒虫子钻心而专心坐在那里，专门为你钓鱼的人不在了。

西瓜记事

有好长一阵子，西瓜刚刚上市的时候，下班回家的路上，我总要停下自行车，走到路边的西瓜摊或西瓜车旁，帮助瓜贩或瓜农卖西瓜。好像那里有什么特殊的魔力在吸引着我，我就像一个棋迷，看见了棋盘，就情不自禁地向那里走了过去。

那时，广渠门内白桥那里，常常会停着一辆马车，车上装满西瓜，趁着下班人流密集，卖瓜的瓜农站在车上，吆喝着卖西瓜。我常常会帮他们卖西瓜。卖瓜的瓜农，自然很高兴，来了个不要工钱的帮手，就像现在的志愿者。关键是我挑瓜的手艺不错，总能够从瓜蒂的青枯、瓜皮纹络的深浅，或者轻轻地拍拍瓜，从瓜发出的声音、传递到手心的感觉，来断定瓜的好坏，瓜皮的薄厚，是沙瓤还是脆瓤，是刚摘的新瓜，还是好几天前摘的陈瓜。

开始，卖瓜的主儿含笑不语，买瓜的人满脸狐疑。好像在等待着一场什么好戏，等着意想不到的结局，或等着拾乐儿。

被刀切开的一个个西瓜豁然露出那鲜红的瓜瓤，比什么都有说服力，铁证如山一般，让所有人哑口无言，脸上只剩下惊讶或赞叹。那是我最开心的时候，仿佛戏台上一个角儿的精彩亮相，博得满堂彩。

没过多久，他们对我充满了信任。信任，让人亲近起来，信任也像忽然得了传染病一样，让好多买瓜的人认识了我，在白桥一带，我有了一点小名气。他们说，这里有个挑瓜的，手艺不错。每天下班之后的黄昏时分，他们看见我在路边支上自行车，老远就纷纷地招呼我："师傅，帮我挑个瓜！"尤其是碰上个模样俊俏的小媳妇或时尚年轻的姑娘，绽开花一样的笑脸招呼我，心里还是挺受用的，甚至有些隐隐的得意，仿佛遇到了知音，挑起瓜来格外来情绪。

好在我没有失手过。当场验明正身，切开的瓜，红瓤黑籽，水灵灵的，红粉佳人一般，个个不错，惹人怜爱。所有人，包括我自己，在瓜被切开的那一瞬间，眼睛都会一亮。那几个卖瓜的主儿，看着车上渐渐变少的西瓜，眯缝着眼睛笑，乐得其所。那些买瓜的人，在瓜被切开之前，就像考试的学生在揭榜之前一样，有些兴奋，也有些紧张，还有些跃跃欲试的期待。我的眼睛里，不仅是西瓜，余光里有这些人的表情，心里的感觉很爽。

我趴在车前，拍拍这个瓜，再拍拍那个瓜，然后，指着前面那个瓜，对那些老头儿、老太太、小媳妇、小姑娘说："就要这个瓜！没错，就是它！"面对一列众人和满满一车的西瓜，那落地有声，那信心满满，那指点江山，甚至有些得意扬扬的劲头，不像皇帝选六宫粉黛，不像将军指挥千军万马，也多少有点像引吭高歌一曲，立刻能获得满台掌声和瞩目一般。买瓜的高兴，卖瓜的高兴。顺便给自己挑一个西瓜，夹在自行车后架上，驮着夕阳回家，家里人也高兴。那一阵子，下班路上，瓜车前面，夕阳辉映之下，我颇有些成就感。

说起那一阵子，是我从北大荒插队刚回到北京的那几年。我所有挑瓜的手艺，都是在北大荒那里学来的。那时候，我所在的大兴岛二队的最西边，专门开辟了一块荒地做瓜园，种的都是西瓜和香瓜。从西瓜还未完全成熟，到西瓜拉秧耙园，我们从夏天一直能够美美地吃到秋天。那时，瓜园是我们知青的乐园，西瓜和香瓜是我们仅能吃到的水果。

那时，西瓜刚刚结果，在瓜园里就搭起一个窝棚，每天从白天到夜晚都会派老李头儿看守，他是当地的老农，孤寡一人，伺候瓜地有一手，他就像对自己的媳妇一样，把瓜园伺候得细致周全，自然每年瓜都结得不错，算是对他的回报。他每天吃住都在那里，为了防备獾和狐狸夜里跑来糟蹋瓜园。老李头儿大概是没有想到，夜袭瓜园的，常常不是獾和狐狸，而是知青。我们常常会趁月黑风高时分溜进瓜地去偷西瓜。瓜园的田埂边，有一道不宽的水沟，西瓜要水，水沟是老李头儿挖的，为了瓜园浇水用。我们在瓜园里偷的瓜，就都放进水沟，瓜顺着流出瓜园，我们可以大摇大摆地拿到知青宿舍里尽情地吃。我们自以为老李头儿不知道，其实，他门儿清，只是不揭穿我们的小把戏罢了。事后好多年，我重返北大荒，见到老李头儿，提起旧事，老李头儿对我说："都是北京来的小孩子，一年难得有个瓜吃，就敞开了吃呗！"

赶上老李头儿高兴，他会教我们挑瓜。不过，那时候，我们不怎么信他的。我们信奉实践出真知，吃得多了，见得多了，瓜的好赖，自然就分得清了。西瓜自然也被我们糟蹋不少。

西瓜成熟的季节，瓜分不过来。队上分瓜，知青按照班组派人去瓜地挑瓜。去的人每人要挑出一麻袋西瓜，扛回来大家吃。这是个美差，因为扛西瓜回知青宿舍之前，先自己美美地吃得肚子滚圆。有一次，我和一个同学去瓜地挑瓜，先韩信点兵一般从瓜园里摘下半麻袋瓜，然后，一屁股坐在地头吃瓜，用拳头砸开瓜，吃一口不好，扔掉，吃一半扔一半，直到吃得水饱，吃不下去为止。老李头儿看见我们扔了一地的西瓜，气得冲我们喊："有你们这么糟蹋瓜的吗？那瓜长了一春一夏，容易吗？"吓得我们扛着麻袋一溜烟跑走。

我的挑瓜手艺，就是这样练出来了。

那时候流行语，叫作"要知道梨子的滋味，就要亲口尝一尝"。如果说在北大荒那几年，青春蹉跎殆尽，残存的收获之一，便是挑瓜的手艺了。想想那一阵子下班回家的路上，无所事事又像在干什么有意思的事情，去瓜车前挑瓜的情景，其实，兴奋自得之余，有些好笑，也有些苍凉。我就像一个过气的演员，已经没有了青春，没有了演出的舞台，却独自一个人跑到野台子上，亮亮嗓子和身段，过一把唱戏的瘾。

说起那一阵子，真的有些像天宝往事一样遥远。如今，马车早已经不允许进城，白桥那一带早已拆迁变得面目皆非。原来前面的女十五中，早改名为广渠门中学，整幢楼从南面移到北面了。世事沧桑中，我也廉颇老矣，偶尔在瓜摊前自以为是地挑个瓜，也不灵光，手艺潮了。挑瓜和唱戏一样，也得曲不离口，拳不离手，多年不练，武功尽废。

偶尔，也会想起老李头儿。只是，前好几年，他已经去世。

卷四

开春前后

从习惯性到非习惯性的变化，从自我的世界跳出来认识真正客观的世界，是我告别青春的重要节点。

母亲的世界

　　四十多年前，我从前门搬到洋桥，尽管离陶然亭公园不远，但明显属于城乡接合部的郊区。如今，那里已经成为高楼林立的闹市。沧海桑田，半个世纪的时间造化，足以看见城市化进程的足迹，不只是雪泥鸿爪那么浅显。

　　洋桥往北一点，有一座小石桥，从西北蜿蜒而来的凉水河，从这里往东南拐弯，一直流向如今繁华的亦庄开发区。再往北一点，叫四路通，这是一个很好听的地名。听作家从维熙对我讲，他年轻时候劳改在这里劳动，那时更是荒僻的乡村。这里有一个火车通行的岔路口，京沪线、京包线、东北线往来的火车都要经过这里。所以，别看这个路口不大，车流量大，路口的横杆常常是横躺下老半天不起来，阻挡上下班的人流车流。

　　那时，我在一所中学里教书，每天必要路过这个路口，无论骑自行车还是坐公交车，总会被挡在那横杆前，一堵堵半天，焦急的心伴着火车隆隆声一起在这里轰鸣。便常想这个地名，四路通？真是具有反讽的意味。后来，我专门写了一篇小说《岔路口》，发表在《人民文学》杂志上。

从前门搬到洋桥，完全是我的主意。我去北大荒插队后，父母住进逼仄的小屋。父亲病故后，我从北大荒回到北京，住进小屋，忍受不了窗前全院用的水龙头整天水声哗哗不断。正好洋桥有一位复员转业的铁道兵，孩子要上小学了，他希望让孩子到城里上个好学校，看中了我家边上的第三中心小学，便和我各取所需换了房子。

我以为这是一个好的选择，离开了我的伤心之地，应该也是母亲的伤心之地。便在暑假母亲去姐姐家小住的时候，麻利地搬了家，等接母亲回来，以为会给母亲一个惊喜。殊不知母亲并不情愿，只是没有表达。前门住了几十年的老街、老院、老屋，还有好多善良的老街坊。一种故土难离的感情，在母亲心头升起，住进洋桥没几天，母亲向我提出想回老院看看时，我才感觉到的。

1983年，我从洋桥搬家至和平里，好心的同学怕母亲坐搬家的大卡车颠簸，特意开着一辆小轿车接母亲。那是母亲第一次坐小轿车，也是母亲最后一次看到前门。车子从永定门开出一直向北，穿过前门外大街，从前门楼子东侧驶向天安门广场。母亲最后看了一眼高耸的前门楼子，多么熟悉的前门楼子，父亲就是在前门楼子后边的小花园里，清早练太极拳，一个跟头倒地，脑出血去世的。

都说年轻的时候不懂爱情，其实，年轻的时候，最不懂父母。生理年龄上有代沟，又赶上那样一个疯狂的年代，更把代沟扩大。自以为是又自私膨胀的年轻人，常常会把年老的父母像断楫孤舟一样搁浅在沙滩上。

搬到洋桥的第二年赶上唐山地震。母亲惊醒喊起我来，小屋幸好无恙，只是屋檐下的蜂窝煤被震倒一片。那时，洋桥这一片地铁宿舍的人全都住进空场上搭建的简陋地震棚。幸好是夏天，住的时间不长。母亲没有说什么，但在她的眼光里，我看出了多少有些埋怨，好像对我说："看你搬的这个好地方，要是在咱们老院，不会这样的。老屋虽旧，结实得很！"

地震之后没几天，我的一位小学同学，阔别多年之后，到前门老院找我没有找到，问清街坊我搬家洋桥新址，执着地找到这里。她是我童年的好友，一别经年，在哈尔滨读了大学物理系，毕业后在哈尔滨工作，这一年到上海出差，途经北京，才有了这次意外的重逢。母亲自然熟悉她的。赶巧那天晚上，我们那一排房子突然停电，很多人都从屋里出来。她跟着我也出了屋，自告奋勇地对我说："有梯子吗？我上去看看。"我找来梯子，跟在她身后爬到房顶。电线就晃晃悠悠地横在上面，不知她怎么三鼓捣两鼓捣，电路接通了，电灯亮了，房下面一片叫好声。

老友走后，母亲对我叹口气说："要是还住老院，用得着人家这样好找？还让人家登高上房给你修电线？"我看得出，母亲还是怀念老街老院老屋。童年伙伴的突然造访，让她的这一份怀念加强。

这只是我一时的感觉，并没有放在心上。人老了，都会念旧。我们都还不老，不也念旧吗？不念旧，我的这位童年的好伙伴，何必那么远费那么多周折跑到洋桥来看我？我没有想到，除了念旧，还有孤独，已经如蛇一样悄悄地爬上母亲的心头，吞噬着母亲的心。毕竟这里没有母亲认识的一个人，特别是白天人们上班后，更显得寂寥，只有远处不时传来的阵阵火车鸣笛声，能打破这死一样的寂静。我没有想到，对于老人，孤独是可怕的，对于母亲这样柔弱又内向的人，病魔已经借助孤独逼近她。只是，我一无所知。

一天夜里，母亲突然出现在我的面前，吓了我一跳，她悄悄对我耳语，生怕别人听见："有人要害你！你可要注意，要是把你害了，我可怎么办？"我以为她可能是做了噩梦，并没有在乎，只是安慰她："没有人要害我，干吗要害我？您放心吧！"

一直到1977年初的一天，我正带着学生在一所工厂学工劳动，学校的一位领导急匆匆地找到我，对我说："你家里有点事，让你赶快回家！"领导没敢告诉我出了什么事，我回到家一看，屋子里围着好多人，还有一位警察。才知道，母亲从家里走出，走到北边不远的凉水河前，想投河自尽。她觉得我已经被害，自己无法再活了。河边有一道很陡很长的漫坡，母亲无法走下去，她是坐着慢慢地蹭下去，蹭到河里的。初冬的河水还没有结冰，而且很浅。母亲只是半个身子浸泡在河水里，被人发现，救了上来。

母亲的棉裤已经湿透，好心的街坊帮助母亲脱下棉裤，看着母亲枯瘦的光腿伸进被子里，我的心一阵绞痛，才意识到母亲病了，病得不轻了。

我带母亲到安定医院，那里是北京精神病专科医院。医生告诉我，母亲患的是幻听式精神分裂。那一刻，我后悔这次搬家。我只想到自己，没有设身处地地想想年老孤独的母亲，从熟悉的前门搬到洋桥这个陌生的郊区会怎么样。

时隔多年之后，我读到布罗斯基回忆他童年的文字，说到彼得堡市区和郊区的巨大差别，他写道："来到郊区，你离这个世界上的一切更远，来到真正的世界。"这句话，可能对于别人算不得什么，却让我有些触目惊心。我想起了母亲那年的病。这句话的前半句，说的是母亲，"来到郊区，你离这个世界上的一切更远"，确实是母亲离这个世界上的一切更远，孤独感才更重，病才袭上门来。这句话的后半句，说的则是我，来到郊区，我以为来到真正的世界，却是以母亲的病为代价。

布罗茨基在这句话的前面，还说了这样两句话："郊区，这是世界的开始，而不是它的结束。这是习惯性世界之结束，但这是当然大得多、多得多的非习惯性的世界之开始。"洋桥，虽然住了不到八年的时光，对于我意义却非同寻常。它让我认识到了习惯性的世界的结束，也认识到了非习惯性的世界的开始。对于我，习惯性的世界，其实就是自我为中心的世界，习以为然；非习惯性的世界，则是他人的世界，或者说是客观的世界。从习惯性到非习惯性的变化，是从自我的世界跳出来认识真正客观的世界，尽管有些残酷，却是我告别青春期的重要节点。母亲以她的病的代价，帮助我成长。

一年多之后，1978年，我考入中央戏剧学院。报到是十一月的一个周日，我一直拖到吃完晚饭，才离开家。骑着自行车，刚到屋后的拐角处，下意识地回了一下头，看见母亲正倚在墙角，显然是我出门后她紧接着也出了门。我赶紧跳下车，推着车走到她的跟前。她挥挥手让我赶紧走。我报到之后，找到被分配的宿舍，只有靠门的上铺。那一晚，睡在上面，怎么也睡不着，只听见窗外白杨树的大叶子被风吹得哗哗地响。我爬了起来，跳下床，骑上自行车，往洋桥赶。学院在棉花胡同，离洋桥二十来里，不算太远，我赶到家时，却推不开门，呼喊着母亲，母亲打开门，我才看见门后顶着粗粗的一根木棒。我的心悬到嗓子眼儿，眼泪一下子滚落出来。

　　我和母亲商量，送母亲先到姐姐家住，母亲同意了。四年的时光，母亲以她的牺牲帮助我大学毕业。母亲更帮助我认识了从未认识的非习惯性的世界，也认识了母亲的世界。

重逢的代价

1978年的春天，一天中午，我到学校的传达室接电话，不经意间看见电话机旁边有一张当天的北京日报，报纸的下方登载着中央戏剧学院招生的启事，因为有"中央戏剧学院"这几个字，一下子分外醒目。它也又开始招生了？我的脑海里立刻出现十二年前它招生时的情景，因为艺术院校是提前招生，1966年的春天，中央戏剧学院的两位老师来到我们中学，请学校推荐适合他们学院的学生去参加考试，学校推荐了我，我见到了这两位老师，一男一女，一位教形体，一位教表演，都那样漂亮，那样和蔼可亲，对我充满殷殷的期望。在他们的指引下，那是我第一次走进它藏在棉花胡同里的那紫藤萝花掩映的校园，初试、复试、接到录取通知书就要入学了，兴奋的劲儿还没有过去，一个跟头，我来到了北大荒，和大学失之交臂。我只是把那封装有入学录取通知书的信封悄悄地夹在日记本里。一直到北大荒好几年过去了，觉得入学已经彻底成为泡影，我把那份入学通知书撕碎了。

往事历历，仿佛离去得并不遥远，就像昨天刚刚发生的一样。

放下电话，我赶紧拿起这张报纸，坐在学校的传达室里仔细看了起来。那时，我正在这所中学当老师。报纸上写得很清楚，中央戏剧学院这次招生的年龄的范围是十八岁至三十一岁，那一年，我正好三十一岁，也就是说如果再晚一年，我就被拒之门外了。它所设置的年龄范围多么好呀，恰恰把我们1966届高中毕业的这最后一届中学生包括在内了。我知道机会不可能像是夏日树上开的花朵一样，开完一朵接着还会有下一朵。

谁想到教育局通知，凡在校教师此次报考大学只能报考师范院校，其他类大学一律不准报考。这无疑给我当头一棒。

我已经报名并已经准备复习考中央戏剧学院了，况且这是我第二次考这所学院了。我向学校一再申明这个理由，和这个梦寐以求上戏剧学院"二进宫"的情结。不管学校同不同意，反正我下定决心，先考再说了。

中央戏剧学院的复试分为两场，第一场考文学常识和戏剧常识，分为两张试卷，考场设在学院的教室。有意思的是，考试的内容答对的部分我全都忘了，偏偏答错的地方，我记忆犹新：文学卷中问"举国欢庆"（这个词很有时代特色，那时刚刚粉碎"四人帮"，报纸上常出现这个词）的"举"字当什么讲；戏剧卷中问萧伯纳的代表作，举出其中的一部。除了这两点小错外，我考得还可以。

第二场是重头戏，考写作，考场设在离学院不远的鼓楼阴森森的门洞改造成的大房子里，大白天的得亮着所有的灯。没有一扇窗户，只有一个大门敞开着。有一种与世隔绝的感觉，鼓楼之外不远处就是车水马龙一片喧嚣，仿佛都不存在了，只剩下眼前这黑洞洞的门洞和一张张白刷刷的试卷。考试的题目是《重逢》。这个题目不仅很符合戏剧要求的基本元素，也很符合十年动乱之后人们悲欢离合的命运跌宕。那时候，我爱好写作，业余时间参加了丰台区文化馆组织的一个文学小组，组长是后来写报告文学出名的作家理由先生。就在考试前些天，在这个文学小组里，我写了一篇小说《遗忘荒原的红苹果》，写的是一位来自印尼的女华侨，从北京中学没毕业，随知青大潮来到北大荒，受到不公正的待遇，不得不悲愤地离开北大荒，离开中国，到国外找她的父亲去了。"四人帮"被粉碎了，她回国来找她在北大荒的恋人重逢的故事。因为考试的题目正好撞在我的枪口上了，答得很顺利，几乎是一气呵成，我早早就交了卷，离开那个黑乎乎的门洞。

由于教育局有规定，我担心戏剧学院的考试成绩再好，学校也不让我入学。于是，我同时报考了普通大学，第一志愿填写的是北京师范大学。这便是我参加的第二次高考的考试。记得很清楚，考场在当时的木樨园中学。那里离我教书的中学不远，我和学校的老师曾经到那里和他们学校的老师比赛过篮球，我的中学同学作家萧乾的儿子萧铁柱，和我一样插队返城后在那里当老师，我还曾经找过他。对于这个考场，我比较熟悉，环境影响心情，因此，比到鼓楼的考场，我的心情放松很多。

这一次考试是在夏天，没有想到，第一天考试，我早上到木樨园中学，以为去得很早。到那里一看，好家伙，校门外，操场上，树荫里，树荫外，密密麻麻站着的都是人。我没有想到参加高考有这么多人，后来一想，高考中断了十二年，十二年积压下来的人，当然不少，就像煤层的层叠、树木年轮的增加，这么多人都在聚集力量，在此一搏，渴望如煤激情燃烧，如树枝叶参天。

在考场上，我们遇见很多熟人，其中包括萧铁柱这样和我一样66届的高中毕业生。我还遇到我教的学生。这并不让我感到惊奇，只是让我感慨。仿佛时光定格了十二年，让年龄相差了整整一轮的人，重叠在一起，可以让正值花季的春花和已经是迟桂残菊一并绽放，一锅烩在这样历史绝无仅有的考场上。

我考得不错，第一天考完我最担心的数学，我就自信满满，觉得这个大学已经手拿把掐。因为毕竟有十二年没有摸过数学书了，由于前一段时间主要对付戏剧学院的考试，留给我复习数学的时间有限。我从学校的数学教研组借来从初一到高三的十二本数学书，仅仅用了一个上午的时间，就把初中三年的六本数学书看完，但高中尤其是高三解析几何的复习，对于我艰难而且时间逼仄。问题就出在试卷最后一道解析几何题上，我没有答出来，被扣除了二十五分，其余的题目，我一点没有出错。我对于我这第二次高考，还算满意。

成绩出来了，我是我们那一片考取总成绩第一名的考生。即使戏剧学院不让我上，总会有一所大学可以上了。不管怎么说，迟了十二年的大学之门，终于可以向我敞开了。想一想，这个大学之门，如今才进得门去，算得上"前度刘郎今又来"，该是"二进宫"。再想一想，这一年两次迈进高考的考场，也算是"二进宫"吧。时光拉开的舞台上，让我的人生演绎了双出的"二进宫"。

我已经弄不清最后是不是区教育局网开一面，反正后来当中央戏剧学院的录取通知书到来的时候，学校同意我去报到，并是让我带着工资入学的。那时我们这所中学的老校长，是西南联大毕业的一位教育家，他只是要求我报到之前和年轻的老师搞一次座谈，谈谈我的学习体会。座谈会之后，他夸奖了我，说我讲得不错，嘱咐我进了大学好好珍惜这难得的时光。我到现在还记得他握着我的手，望着我那慈爱的目光。

　　重新回到校园坐在教室里的感觉和心情，是非常复杂的。如果说这样的考试是在十二年前，应该是正常的，就像春天的苹果树开花一样正常。现在，却本该在春天苹果树开花的时候，飘落在枝头的是一层雪花，而误以为是苹果花在绽开。季节的错过，总让人有一种荒诞的感觉。历史总是爱和我们这一代人开着这样近乎残酷的玩笑。1978年的中国，红尘滚滚，已不分尊卑老幼，四世同堂，纷拥在时代的十字路口，演绎着有些荒诞却富有生机的话剧。在那百废待兴的时代里，我们这样已经不再年轻的年龄，产生依然年轻的错觉和幻觉。

　　非常有意思的是，写作考试的题目《重逢》像是有着命定的成分似的，我考上了中央戏剧学院之后没几天，在那曾经熟悉的校园的藤萝架下，真的和两个人有了意外的重逢，那便是我分别见到了十二年曾经到我们中学招生去的那一男一女两位老师。在我毕业那一年，女老师曾经出演莎士比亚的话剧《麦克白》中麦克白夫人。戏内戏外，她老了，快是一个老太太。

重逢的代价，是青春。

投稿记

　　说来难忘，我是七八级的大学生。那一年，报考中央戏剧学院，考戏剧文学常识和写作两门，前者试卷上有一道解词的题："举国欢腾"的"举"和"百废俱兴"的"俱"各自的词义。我答对了后者，却答错前者。这两个成语，对于我们国家和我们这一代人来说，具有特殊年代感，和我完全个人化的考试记忆，竟然如此密切地联系在一起。

　　在共和国七十年的历史中，有些年月，千载难逢，不同寻常，无论对于历史，还是对于个人。

　　七十年代末，就是这样的一段年月。

　　那时候，"四人帮"刚刚被粉碎，国家和民族正处在一个历史的转折关头，才忽然觉得悲尽兴来、物换星移，才一下子觉得报国有门、济世对策，也才真正明白了"举国欢腾"和"百废俱兴"是什么意思，仿佛天都格外的蓝了起来。

那时候，我在北京郊区的一所中学里教书，业余时间到丰台文化馆里参加文学活动。文化馆里聚集着一群爱好文学的志同道合者，其中有后来成为报告文学家的理由、小说家毛志成、儿童文学家夏有志、不幸英年早逝的评论家张维安……不过三尺微命，都是一介书生，在此之前，大家并不认识，却仿佛惊蛰后的虫子一下子冒出来似的，相逢何必曾相识一般聚在了一起。大家坚信东隅已逝，桑榆未晚，一份几乎丧失殆尽的文学旧梦，像是普希金童话诗里那条小金鱼一样，让渔夫撒网终于又捞将上来。

那时候，我们一起编一本叫作《丰收》的内部文学杂志，和那个"百废俱兴"的氛围是那样的吻合，在那间也就十平方米的小屋里，激情和想象，争吵与辩论，总会爆棚而能够把屋顶掀翻。或是剪灯听雨、扶窗对月，或是清茶浊酒、白雪红炉，或是干脆吃着五分钱一个的烧饼，喝着白开水，润着早已经争执得沙哑的嗓子，将我们彼此写的小说或诗歌，像在舞台上一样充满感情地朗诵着，然后相互毫不留情地批评，突然冒出的好建议和噼噼啪啪的煤火一起蹿起来。我们甚至为文章里多的几个"的"字到底要还是不要而激烈地争论着，仿佛如同哈姆雷特在追问"是生还是死"一样认真而执着。

我们也常常结伴，骑着自行车，一列长龙浩浩荡荡地从郊区出发，把车铃转得山响，一路迤逦而来，杀向王府井的新华书店，不惜排小半天的长队，为了买那些重见天日、让我们渴望已久的古今中外名著。那时，托尔斯泰的《复活》1.85元一本、雨果的《九三年》1.15元一本、两本《古文观止》1.5元，一套《唐诗选》才2.1元……

文化馆文学组的组长是理由，他大我整整十岁，为了能够让我抽出一段时间专门到文化馆安心创作，他骑着他那辆破摩托车跑到我们的学校里，磨碎了嘴皮子，找校长为我请假。他还是骑着那辆破摩托车大老远地找到我家，为的是带上我风驰电掣地穿过半个北京城，跑到小西天的电影资料馆去看一场当时的内部电影。而在大雪纷飞的春节头一天，张维安一身雪花，雪人一样推开了我的家门，为了只是因文学而联系在一起的情感，还有一点点当时他那么坚定的希望。他总是果断地鼓励对我说："你行，一定能行！"

我对自己的写作并没有信心，而且，投稿对于我来说更觉得山高水远，烧香找不到庙门一样渺茫，心里充满忐忑，却莽莽撞撞地开始了我投稿的生涯。那时候，投稿很简单，将稿子塞进一个牛皮纸的大信封里，在信封的右上角剪下一个三角口，再在信封上写上"稿件"二字，连邮票都不用贴，直接扔进信筒就行了。至于稿子是一去豪门深似海，泥牛入海无消息，还是幸运地得以刊用，全凭稿子的质量，再有就是运气了。

我底气不足，投寄进绿色信筒里的第一篇稿子，并不是我自己寄的，而是我的中学语文老师田增科。我写了一篇纪念周总理的两千多字的散文《心中的花》，先拿给田老师看，他觉得写得可以，便替我做主，装进信封，写上地址，在信封上剪下一个三角口，投寄给《北京日报》。投寄出去，我心里依然没有底，本是抱着出师未捷身先死的心态，没有想到很快就刊发在报纸的副刊上。那时，报纸刊物没有如今遍地开花这样多，几乎每个单位都订有《北京日报》，看到的人很多。两千多字的文章，不是豆腐块，占了报纸老大的版面，很是醒目。

我清楚地记得这篇散文的稿费是六元钱。稿费单是寄到我教书的中学里的，学校里的老师和我一样，都是第一次见到稿费单，很好奇，便像新闻一样传开了。有一天，校长特意把我叫到他的办公室里。当时我和年迈多病的母亲相依为命，生活拮据，每年过春节的时候，学校都会给我一些补助，这一次校长笑着对我说："你有稿费了，补助就给你一半吧，免得老师们有意见。"我们的校长是西南联大毕业的，他送我出校长室的时候，又对我说："稿费每千字三块钱，太少了，还不如我们在昆明的时候呢。"不管多少，这是我得到的第一笔稿费。事过多年之后，田老师替我打听到了，刊发我这篇散文的编辑是赵尊党先生。

初次试水，出师告捷，给了我一点信心。1977年的年底，我写下我的第一篇小说《一件精致的玉雕》，文学组的同伴看完后觉得不错，像田老师一样，替我在信封上写下地址，再剪下一个三角口，寄到了《人民文学》杂志。《人民文学》是和共和国同龄的老牌杂志，是文学刊物里的"头牌"，以前在它上面看到的尽是赫赫有名的作家的名字。那时候，刘心武的小说《班主任》刚刚在《人民文学》上发表，轰动一时，《人民文学》自然为众人瞩目。如果不是文学组好心的伙伴替我直接寄出了稿子，我是不敢的。

没过多久，学校传达室的老大爷冲着楼上高喊有我的电话。我跑到传达室，是一位陌生的女同志打来的，她告诉我，她是《人民文学》的编辑，小说收到了，觉得写得不错，准备用，只是建议我把小说的题目改一下。他们想了一个名字，叫《玉雕记》，问我觉得好不好，我当然忙不迭地连声说好。能够刊发就不容易了，为了小说的一个题目，人家还特意地打来电话征求一下你的意见。光顾着感动了，放下电话才想起来，忘记问一下人家姓什么了。

　　1978年的第4期《人民文学》杂志上刊发了这篇《玉雕记》。我到现在也不知道打电话的那位女同志是谁，不知道发表我的小说的责任编辑是谁，那时候，我甚至连《人民文学》编辑部在什么地方都不清楚，寄稿子的信封都是文学组的伙伴帮我写的。一直到二十年后我调到《人民文学》，我还在打听这位女编辑是谁，杂志社资格最老的崔道怡先生对我说，应该是许以，当时她负责小说。可惜，许以前辈已经去世，我连她的面都没有见过。

　　如果说文学作品有"处女作"之说，投稿也应该有属于自己的"处女投"。真正属于我的"处女投"，是寄给《诗刊》的一组儿童诗。说是一组，其实统共就两首，完全是仿照泰戈尔《新月集》写的。大概前面两次投稿都还顺利，壮了我的胆的缘故吧，我在信封上写上"寄《诗刊》编辑部收"，把稿子装进去，再在信封右角剪了一个三角口，就扔进了邮筒。这是我第一次自己往外寄出的稿子，感觉真有些异样。那时候，大街上的信筒是老式的，绿色的，圆圆的，半人高，以前也曾经不止一次往里面投寄信件，但是，都是贴上邮票的呀。这样不贴邮票，就剪下一个三角口，能寄到吗？然后，马上打消了自己这样小心眼儿的念头，以前两次寄出的稿子，不是都寄到了吗？你的手气就这么差？

那时，《诗刊》编辑部在虎坊桥，我每天从学校下班，都要路过那里倒车回家。在他们编辑部的门口有一块大玻璃窗，每一期新发表的诗，他们都选出一些，用毛笔手抄在纸上，贴在玻璃窗里，供过往的行人观看。玻璃窗前总会围着好多的人，一行一行把诗看到底，那时人们关心诗，就像如今人们关心橱窗里的时装秀一样，诗和文学离人们那样近。有一天黄昏下班路过那里，我忽然看见我的那两首诗，居然墨汁淋漓地抄写在玻璃窗里，题目改成了《春姑娘见雪爷爷（外一首）》。题目下面就是我的名字。最后一行，写着"选自《诗刊》1978年第6期"。我的心跳都加快了，玻璃窗里我的那些幼稚的诗句，好像都长上了眼睛一样，把所有的目光聚光灯似的打在我的身上。这是我第一次发表的诗，也是我唯一一次发表的诗。只是，到如今，我知道了所有发表我作品的责任编辑，却始终不知道发表我的诗的编辑是谁。

对于我，"处女投"，和"处女作"的作用与意义相同。它让你有了信心，也让你见识了世道人心，那些你根本就不认识的编辑，让你触摸到并不敢忘怀的文学的良知、善意和温暖。

就在我对投稿有了一些信心的时候，投稿开始不再那么顺风顺水。我写了第一篇报告文学《剑之歌》，是写当时在马德里世界击剑锦标赛上负伤勇夺银牌的击剑女将栾菊杰的教练文国刚。寄给几处，不是退稿，就是石沉大海，这让我对这篇报告文学的质量打了问号。还是丰台文化馆文学组的同伴不服气，把退回的稿子换了个信封，转手要寄给《雨花》杂志，说栾菊杰和文国刚都是南京人，《雨花》也是南京办的，可能会认的。我拿过信封，自己给《雨花》杂志寄了出去。反正，也不用贴邮票，就是在信封上剪个三角口嘛。或许，真的会是东方不亮西方亮。

那一年冬天，我考上了中央戏剧学院。第二年春末的时候，我接到《雨花》杂志的一封电报，要我速去南京改稿。正在上课，学校不准请假，只好熬到放暑假，我到了南京。记得很清楚，我到南京的时候是清晨，路上的行人很少，只见有一些老人躺在马路边上的凉椅上乘凉。刚刚下过一点小雨，地上有些湿润，风很清爽。按照地址找到《雨花》编辑部，站在大门口，怎么看怎么面熟，好像在哪儿见过。想了想，是在电影里，这不就是当年蒋介石的总统府吗？心想《雨花》编辑部真会找地方。

接待我的是《雨花》当时的主编顾尔镡先生。我知道，他是位著名的剧作家，写过话剧《峥嵘岁月》。他是粉碎"四人帮"后我见到的第一位作家，身材魁梧，仪表堂堂，面容可亲。他出现我面前的样子，给我印象太深：穿着一条短裤衩子、一件和尚领的大背心，摇着一个大蒲扇，和我在街上见到的那些躺在凉椅上乘凉的老人没什么两样。他让编辑先安排我住下，就住在编辑部旁边的招待所里，招待所旁边就太平天国天王府的西花园，热是热点儿，风景十分不错。下午，顾尔镡先生来看望，对我说："这房间太热，你晚上要是改稿子就到我们编辑部，那里电风扇多，也风凉些。"便让编辑给我一把编辑部房门的钥匙。

那一年的夏天，南京非常热，每天趴在桌子上用两台电风扇前后身吹着改稿，听顾尔镡先生摇着大蒲扇说些和稿子有关或无关的事情，然后到新街口闲逛，到鸡鸣寺吃小吃，或到天王府的西花园散步，过的是我有生以来最惬意的日子。它让我不仅学会了文学上的许多东西，更让我感受到由文学的真诚所弥漫起的平和与温馨的氛围。1979年10月，我的这篇经顾尔镡先生指导修改的报告文学，发表在《雨花》杂志的头条位置上。

那时候，文学是多么的纯，人与人之间的关系是多么的纯，就像那时没有雾霾没有酸雨没有沙尘暴的天空一样，让我的呼吸那样的顺畅。都是一些素不相识的编辑，都是沙海淘金一般从自然来稿里选择。无论是作为作者的我们，还是素昧平生的编辑，不敢说那时都在做青史文章，却敢说那时没有一丝的朱门歌舞与后庭软花的气息。认真，热情，单纯，简单，就像当年我爱用的碳素墨水洇在纸面上一样，黑是黑，白是白，那样的清晰，那样的爽朗；就像当年的雪花飘落在地上一样，没有如今还没等落下很快就被污染的模样，或被我们有意装点成五彩的冰灯雪雕似邀宠的模样。曾经心想，那时候我投稿的经历，大概并非仅属于我自己的个例，很多作者都曾经和我一样拥有过相似的经历，因为我们毕竟身处同一个时代。我分外怀念那一段年月。

非常有意思的是，我从南京修改完《剑之歌》回到家后的第三天，我的儿子落生。如同小鸟啄破蛋壳似的，他睁大了一双明亮的眼睛，望着对于他陌生的世界，和对他对我们一样崭新的时代。

戏剧学院笔记

　　1978年到1982年，我在中央戏剧学院读书四年，是恢复高考戏剧学院招收的第一批学生。课余爱去的地方，是学院的小礼堂。那里是表演系和导演系的天下，舞台上几乎每周都有排练。排练时，门户开放，电影学院、外语学院的不少同学闻讯纷纷赶来，一边观看，一边眉来眼去，谈谈有始无终或始乱终弃的恋爱。当时，姜文、岳红、吕秀萍等人排练的好多小品，我都是在那里看到的。

　　戏剧学院表导演的教学，重视并讲究小品的训练，有一整套的教学方法。小品的品种很多，有生活模拟小品，有形体表现小品，有音乐小品，有无声或无实物表演小品……其中一种声响效果小品最吸引我。这种小品，最后落幕前要把戏剧高潮集中在一种声音上，比如，钟声、雷声，或者盘子摔碎、墙上的画框落在地上的声音等。这种小品，不仅考验表演者的表演能力，更考验构思能力，让前面所铺排的一切，千条江河归大海，最后浓缩集中在一种声音上，瞬间如花訇然绽放，有一种独具魅力的艺术回味，颇类似欧·亨利的短篇小说。这样的小品，对我的写作有很大的启发，让我感悟到戏剧和文学之间天然的关系，有丰富戏剧营养的作家，文学创作的笔墨会更多样更充盈；有丰富文学修养的演员或导演，表演的深度和厚度会更绵长蕴藉。

在小品训练中，表演系的老师要求他们的学生先到生活中去观察，搜集素材，然后再来组织自己的小品，不能闭门造车。他们后来在电视台演出过有名的小品《卖花生仁儿》，就是这样产生的。我们戏文系的老师也要求我们注意生活的观察和积累，叫作磨刀不误砍柴工。

这一点要求，非常重要，也是我在戏剧学院学习四年最为重要的一种训练和收获。

我有几个笔记本，记的是生活中的点点滴滴，类似表演系学生做小品之前的生活素材的积累，或者像舞美系同学随身携带的速写本。这几个本子对我的写作帮助很大，可以说是写作的基本功训练。将近四十年过去，硕果仅存，如今只剩下一个绿皮小本。重新翻看这个笔记本，如同重返校园，和自己的青春重逢。笔迹歪斜，雪泥鸿爪，挑选一些，摘录如下——

　　表演系进修班一个女同学，和我们戏文系一个男同学
恋爱开始时，对男同学说："我演过一百多个角色，有时
在生活中分不出我是在演戏，还是在平常普通的谈话。"

　　"那现在呢？你是在演戏，还是在和我说话？"

　　"看你说的，我是说有时候，进入角色的快感，你一
点也不懂！"

　　分手时，她把一叠礼物还给他，对他说："人变了心，
礼物也显得轻了！"——这是莎士比亚的一句台词。

　　月夜。

　　"你记得莎翁《威尼斯商人》最后一幕，罗兰佐对他
的情人说过的话吗？'好皎洁的月色！微风轻吻着树枝，
不发出一点声响；我想正是在这样一个夜晚，特洛伊罗斯
登上了特洛亚的城墙，遥望克瑞西达所寄身的希腊人的营
盘，发出他内心中的悲叹！'"

　　"知道，后来克瑞西达变了心。我知道！"

　　"那你呢？"

　　"不知道，我只知道克瑞西达，不知道自己。"

他说话爱提名人。

有一次，讲起编剧的方法，他对同学说："车尔尼雪夫斯基说合理的个人主义……亚里士多德讲悲剧，一是英雄人物死亡，一身顺境变逆境……有这两条够了，你就编去吧！"

有一次，编剧进修班的一个同学请教他，他问人家："你来这里几年了？"

"三年了。"

"莫里哀流浪了十三年，才写出第一个剧本。"

一次，谈起恋爱中漂亮和爱的关系，有同学说漂亮最重要，一见钟情就是因为首先看到的是漂亮。有同学说爱重要，情人眼里出西施，母猪也能是貂蝉。

他说："美不存在被爱者的身上，存在爱者的眼中。'猫抓老鼠，只要抓自己的眼睛就可以了。'这是狄德罗说的。"

你不觉得他是莎士比亚的一个杰作吗？

是，是《奥赛罗》里的埃古。

你不觉得她是曹禺的一个杰作吗？

是，是《日出》里的老翠喜。

人家的人生道路，讨论了这么久，你一句话就完了，这么简单？

牛顿的物理定律，欧几米德的几何定律，都是这样几句话就说清楚了。

那你的话就是牛顿的物理定律，欧几米德的几何定律了？

这几段笔记，明显带有戏剧学院的色彩。当时，校园里，充满百废待兴、唯新是举的气氛。进了戏剧学院的学生，更愿意显示自己的身份特点，常常把那些戏剧家尤其是外国戏剧家，如莎士比亚、莫里哀、迪伦马特、奥尼尔、契诃夫、万比洛夫等人挂在嘴头，就像大家出门特别愿意把戏剧学院的校徽挂在衣襟上一样，坐公共汽车，都会被售票员小姑娘高看几眼，这常常是大家逃票的挡箭牌。如果换一个环境，哪怕是换一所学校，再说这样的话，都不合适，会让人觉得造作。在戏剧学院里，一点没有违和感，大家听了都觉得特别有趣，常常会心会意。人们常会忽略或者模糊了现实与戏剧中的界限。在那所小小的校园里，迟到的青春在课堂内外和书本上下跳进跳出，借助戏剧情景，回光返照。

我特别愿意把听到的这样的话，看到的这样的事，记录下来，在晚上宿舍熄灯之后，讲给大家听，大家哄笑之后，又给我补充好多，笑声更是此起彼伏，成为课堂教学的一种延伸。

还有一类，我也特别愿记，便是生活的点滴，是从表演系的同学排练小品受到的启发，因此，对人物的对话尤其感兴趣。对话，是话剧中表现艺术的重要手段，和小说中的人物对话相似，又不尽相同，比小说更丰富（因为得有潜台词），更精练（因为舞台的限制不能如小说啰唆过于随意），更具有现场感（因为对面就是观众而不是看不见的读者）。笔记中记录的这些对话，都非常生活化，自己瞎编或想象，是编不出来的。对于人物对话的敏感和重视，得益于戏剧学院四年的读书，特别是表演系的小品——

你这头是哪儿剃的？

你猜！

你告诉我嘛！

不，你猜！

我妈那儿。对吧？

就在一拐弯儿那理发店。

你看嘛，就是我妈那儿，是我妈给你吹的风吧？

不知道，我又不认识你妈！

个子高高的。

不，矮矮的。

最里边的那个？对吗？

不对。

得了吧！我妈吹的风，我一看能看出来。

这次，你看错了。

行啦，你别逗我了。

我干吗逗你呀。是个小姑娘给我剃的头嘛！

不理你了！找你那个小姑娘去！

两个同学吃早点。一个撕开包装纸吃面包，一个吃馒头。

你看，你吃面包，我吃馒头。

还不都一样，都是面粉做的。

那可不一样。你穿着漂亮的衣服呢，我这是裸体。

真想找你，又不敢，只好老找下雨天去，你家又住在院子最里边，两边屋里的人一看我来，都把脸贴在窗户玻璃上，好像看一个从火星来的人。

有一次，你给我读一首诗，我就站在你身后，看见你嘴唇上长着一层茸茸的小毛毛，不像现在有了扎人的胡子。当时，你以为我一定在注意听你读呢吧？

我喜欢《七月》这本诗集，多么热烈，看得你心里发烫！

得了吧，你喜欢那妞儿的大脚丫子吧，像一艘船，看得你心里发烫！

真庸俗！

我不明白，怎么一提起脚丫子就是庸俗了呢？人没脚丫子能行吗？怎么走路？照你那么说，澡堂子里的修脚师傅是世界上最庸俗的人了？那么，有了鸡眼，找谁呢？

你手里有大鬼，又有小鬼，还有本主二，那么多的好牌，怎么让你打砸了呢？

就是因为好牌太多了！

好牌多还不好？那让我们一手孬牌的还怎么个活法儿？

好牌多，就不知道怎么出牌好了，也容易嘚瑟，三犹豫，两嘚瑟，就崴泥里去了。

木材厂一车间女党支部书记，看中了车间的一个工人，人实在，长得也英俊，她找他谈对象。

我可不想找您这样的。

你想找什么样的？

稍微落后点儿的。

为什么呀？

您看呀，我就是一穷工人，没门路，没本事，工资低，住房条件差。比如以后我要盖间小房，缺根檩条，怎么办？我得从厂子里偷一根。您是党支部书记，看着不顺眼，揭发我吧，心里又不落忍。可是，您每天看着檩条堵心，您说咱俩这日子能过一块儿吗？

她乐了，对他说："我让车间主任批个条子，批你一根檩条，不就全结了！"

公园的小亭子里，常有俩老头儿在那里唱戏，一人坐着拉胡琴，一人站着唱，用手里的拐棍儿打着拍子。唱到好处，众人叫好。唱到高处，引颈如鹅。唱到最高音唱不上去了，笑道："费劲了，早年可不是这样！"

拉琴的老头儿笑问："早年？早年是什么时候？梅兰芳时候，还是马连良时候？"

旁边人起哄道:"是钱浩梁的时候!他唱'临行喝妈一碗酒'最来劲!"

笔记上,也记录了很多生活细节或场景,也有一些人物命运的悲欢离合。这样的笔记,一般会比较长,摘录几段稍微短一些的,可以看出当时我的兴趣点和关注点——

表演系的一个男同学,说话时总找胸腔共鸣,嗡嗡的,跟个音响似的。他还特别爱在水房里背台词,水房在戏文系宿舍的楼上,房间小,水哗哗流动中,发出的声音带水音儿,共鸣效果最好,挺好听的。但是,一大清早就听见他那带水音儿的台词朗诵,特别招人烦。后来,他在一出大戏里,扮演一位伟人,全剧中只出场几分钟,只有一句台词,声音并不嘹亮,而且,也没有水音儿。一打听,原来他的嗓子莫名其妙地坏了。

十三年没见,他到她的单位找到她,毕竟读中学的时候是朋友。

"你还认识我吗?"

望着他那一脸大胡子,她没有认出他来,更叫不出名字，却说："怎么会不认识！"

送他走后，在传达室的来客登记本上，她才看到他的名字。但是，这个名字对于她很陌生。

文百灵。武画眉。

早晨，老头儿提着鸟笼遛鸟。百灵鸟笼矮些，画眉鸟笼大些。遛鸟时，百灵笼要晃动的幅度大些，它才会高兴。打开鸟笼，画眉飞出来，飞到树枝上，快活地叫一阵子，又飞回鸟笼。

喂它们的都是精食。玉米面和蛋黄和在一起，晾干，搓成粉末；夏天天热，放点绿豆粉，败火；还得捉些活虫儿，给它们尝鲜。

百灵叫得好听，它能模仿各种声音，小鸟的叫，蛐蛐的叫，钟摆的声音，连对过小车吱吱声，小河流水的哗哗声，都会。但是，如果小孩撒尿，老头儿提起鸟笼，赶紧离开，怕是"脏鸟"。

画眉叫得比百灵声高、粗、响。它像是粗大健壮的小伙子，百灵像能织善绣的闺女家。

鸟笼中央，有一根横棍儿，上面沾满粗拉拉的沙子，为了给鸟挠痒痒。有时，老头儿伸出筋脉突兀的手，用长长的手指甲，轻轻地给鸟梳理羽毛，鸟舒服地立在横棍儿上，懒洋洋地望着太阳，惬意极了，就像恋爱时被情人抚摸。

"鸟通人性，它也知道享受。"老头儿说。

那时候，学校里也举办一些活动，印象比较深的，是舞美系举办过一次学生作品画展，表演进修班的李保田举办过一次他个人的画展。展览都在教室里，规模不大，很简陋，但是，洋溢着那时候勃发旺盛的青春气息。两次画展，我都去了，舞美系的画展，在每幅作品旁边，有学生为画作写的简单说明。这些题句，有些像诗，比我们戏文系写的都要好。幸运的是，笔记本上居然还留有当年的记录——

《雨中》：画它的时候，我没穿雨衣，也没打伞。

《小路》：我喜欢小路，它崎岖，画它的时候，我省略了其他。

《爱情》：一对并排在一起的白杨，多像树木中的情侣。

《白杨林》：它使我感到音乐有了形状。

《蓝色的湖泊》：秋天一片枯黄的山中，难得有一汪如此蓝蓝的湖泊，被人遗忘。

我们戏文系曾经办过一次墙报，大家把写的诗、散文或剧本，抄在稿纸上，贴在一块黑板上。别的诗文包括我自己写的，都忘记了，唯独有一首小诗，至今记忆犹新，题目叫《简·爱》，就一句："把繁体字愛中的心去掉了。"写诗的是和我住同宿舍的一位上海人，我称赞他写得好，像北岛写的《生活》，全诗就一个字"网"一样的好，无尽的感叹都浓缩在这一个字、一句话里面了。

那时候，学校常组织我们到新街口小西天的电影放映所，看一些内部电影或过路的外国电影。入学不久，刚看完重新放映的电影《柳堡的故事》，同宿舍的上海人他曾经对我说："你说我看电影时候，听到里面的插曲'九九那个艳阳天'，怎么就想要撒尿呢？"

笔记本还在，那种纯真而又诚挚的学生时代，远去了。

半瓯春茗过花时

——1983年的稿费单

　　书柜越来越膨胀，越来越杂乱，逼迫我每年年底都要清理一两遍，却是越清理越乱，必须痛下决心，将陈年积下的一些书籍和杂物，毫不留情地处理掉，腾出一点清爽的空间，让心里和眼前都轩豁一点，干净一点。清理书柜的最下一层时，忽然发现角落里很委屈地挤着一个小本，红塑料皮，带拉链，由于年头久远，塑料皮已经硬化，拉链也坏，拉不上了，小本张开嘴巴，像是要说什么。

　　我不记得小本里记的都是些什么，打开一开，是当年满满的采访笔记。那时候，我热衷报告文学的采写，东奔西忙，随身带着的就是这个小本。一页页地翻着，密密麻麻的小字，眨动着记忆残缺不全的影子。没有想到，中间有两页异样，爬满了阿拉伯数字，像躲藏在林子里的一些小蘑菇，只不过已经枯萎——蓝墨水的字迹已经变淡。细看，居然是1983年的稿费单记录。

我有些好奇，为什么单单是1983年的稿费单记录呢？这以前和以后的稿费记录都没有，只剩下1983年形单影只地突兀在这里，像顽强地还残留在舞台上不愿意退场的角色或道具，悠长岁月里打下来的一道追光，斜长地照射在1983年那一个个单调枯燥的阿拉伯数字上。那些数字伸头探脑，像浮出时光之河的水面，露出一尾尾已经干涸的小鱼，为那时候的文人写作留下一枚发黄的标本。稿费，不过是文人笔下劳作，如老牛耕田一样、秋天谷穗收获一样的回报，对照三十八年之后的今天，虽然细微如蛇迹尿痕，却可以看出时代变迁的影子，留下一点那时清浅的回声。

记得我人生得到的第一笔稿费，是在1976年底或1977年初，周恩来总理逝世之后，我写了一篇怀念的散文，两千字，发表在《北京日报》的副刊上，得稿费六元。那是粉碎"四人帮"之后刚刚恢复稿费制度之始，我在一所中学教书，每月的工资四十二元半，六元相当于工资的七分之一。稿费单是寄到学校里的，成为一大新闻，写稿居然还能够赚稿费。那时，我和妻子两地分居，又和有病的老母相依为命，生活有些拮据，学校好心，每年春节前都给我三十元的生活补助。六元的稿费，在学校传开，这一年的年底，校长找到我，他是一位和蔼可亲的老人，毕业于西南联大，对我一直青眼有加。他望着我说："你有稿费了，老师们有议论，我们研究了一下，今年的补助就减少一半好吗？"我连说应该的。送我出校长室的时候，他又笑着对我说："六元钱，稿费不高，还不如我们当年在西南联大时候呢。"六元的稿费，之所以记得这样清楚，不仅由于是第一笔，更主要是老校长让我感动的亲切眼神和话语。

我从此写稿有了稿费，但具体都是多少记不清了。如果不是看到笔记本上1983年的稿费记录，一切如烟而逝，被彻底遗忘。所以说，记忆是不可靠的，时过境迁之后的回忆，总会变形，甚至会有意无意地删削或有人为地添加。而笔记本上稿费单的记录，是记忆真实无误的凭证。数字虽然冰冷枯燥，却也铁面无私，清爽如根根笔立的树木，让记忆一下有了枝叶摇曳的生命。

将这1983年的稿费单记录抄录如下——

一月：
《我们还年轻》 394元

《绿色的戈壁滩》 130元

《宋世雄，应该给他一枚金牌》 110元

《二十一岁的时候》 160元

《爱》 77元

《灯光》 60元

二月：

《老人与海》 92元

《风雪邮路》 72元

《李富荣和别尔切克》 194元

三月：

《抹不掉的声音》 198元

《命运交响曲》 154元

《相逢在春夜里》 80元

《爸爸妈妈今天毕业》 80元

四月：

《小院记事》 100元

《那不该倒塌的》 125元

《你为别人送去了什么》 70元

五月：

《木牌牌》 120元

《欢欣与苦恼》 120元

《洁白的天鹅》 70元

六月：

《瓜棚记》 90元

《一片小树林》 146元

七月：

《魔方·飞碟和X》 370元

《已经是秋天》 70元

八月：

《她和他们》 130元

《学院墙内外》 370元

《柴达木传说》 250元

《北大荒酒》 166元

九月：

《西瓜的故事》 85元

《爱就是火》 95元

《默默地燃烧》 75元

十月：

《鸟，又飞了回来》 100元

十一月：

《爱矿灯的姑娘》 45元

十二月：

《北大荒奇遇》 315元

《美好而苦涩的心》 150元

《一路平安》 320元

《三月三》 105元

　　记录的这些篇目，是1983年我写的短篇小说、中篇小说和报告文学，发表在当时的《人民文学》《上海文学》《青年文学》《文汇月刊》《青春》《雨花》《新港》等杂志上，是我写作比较勤奋和兴奋的一年。那一年，是我刚从中央戏剧学院毕业留校任教的头一年，正是我三十六岁的本命年。这一份记录，于我算是雪泥鸿爪的纪念，那一年年轮中留下的深深浅浅的纹络。

其中好多文章，写得潦草，记不清写的都是什么，只有重要的文章，印刻在我的记忆里的，比如《柴达木传说》，是经《文汇月刊》当时的编辑罗达成之手发表在当年第九期刊物上的。当时，有一定的影响，被几家报刊转载。两万四千多字，从稿费单看出，得稿费250元，当时的稿费标准是千字十元，基本上一万字的稿子，稿费100元，各杂志上下幅度不大，标准大致统一。

笔记本上还记着一笔，《国际大师和他的妻子》的税后稿费2745元。这是我出版的第一本书，小说和报告文学的合集，由老编辑胡容大姐编辑，北京十月文艺出版社出版，二十余万字，首版印了八万册，算下来，也是千字十元左右，书和报刊的稿费标准，差别不大。这本书是在1983年12月出版，收到样书和稿费，是1984年的事情了。

如果不将这本书的稿费计算在内，1983年我一年的稿费收入是5248元。按照当时的生活标准，这笔稿费，作为一个普通的业余作者，不算少（当然无法和畅销书作家相比）。当时，流行"万元户"，1983年我的这5248元，等于半个"万元户"呢。

千字十元，相对粉碎"四人帮"时刚刚恢复稿费的标准千字三元，六年的工夫，稿费标准增长三倍之多，增长的幅度是明显的。如果和如今的稿费标准相比，增长幅度明显高出更多，一些报刊的稿费千字百元至几百元不等，有些杂志则高达千字千元。这样算来，稿费增加了几十倍甚至一百倍。这还不算版税拿稿费，会更多。只按照平均的标准看，和1983年比，如今的稿费最低也增长了十倍上下。应该说，稿费确实在增长，有目共睹。

但是，这只是数字的增长，没有物价指数的上涨和货币的贬值因素在内。物价指数和货币贬值率，过于专业，说起来有些复杂，如果只拿当年的工资来和今日的工资对比，会看得稍微直接明了一些，便也会看出如今变化后稿费的些许尴尬。1983年，我每月的工资是47元5角，一年的总收入是570元。1983年我的稿费收入是5248元，也就是说，是我工资年收入的近十倍。现在，我年进账的稿费则远远达不到工资收入十倍的标准了。从这一点看，我们如今的稿费和1983年比，并没有增加，相反减少。数字的变化，说明不了实质的变化。

当然，我只是一个普通的作者，不能以偏概全，囊括其他作家，更不能和上了作家收入排行榜的作家相比。但是，作为一个普通作者，也许更具有普遍性，这个1983年的稿费单记录，还是多少可以给制定稿费标准的部门提供一点点参考，调整制定出更合情合理合乎时代发展的标准，从而更体现对作家劳动，对文化价值的尊重。对于一般人而言，和稿费并无关联，但是，这个1983年的稿费单记录，起码可以像看一张老照片，让你想起三十八年前我们曾经共有的生活图景。蓦然回首，已是白云苍狗，数简旧书忘世味，半瓯春茗过花时。